詩二十首及其檔案

白靈

總序

跨世紀與跨領域的詩學詩藝
——台灣詩學季刊社二十周年慶

蕭蕭

　　「台灣詩學季刊雜誌社」創辦於一九九二年，當初參與創辦的八位詩人（尹玲、白靈、向明、李瑞騰、渡也、游喚、蘇紹連、蕭蕭）具有足以聚焦的共識，一是為台灣新詩的創作與發達，貢獻心力，二是為建立台灣觀點的詩學體系，累積學力。因此，「挖深織廣，詩寫台灣經驗；剖情析采，論說現代詩學」成為「台灣詩學季刊雜誌社」目標顯著的文字「ＬＯＧＯ」。誠如長期擔任社長職位的李瑞騰（一九五二～）在〈與時潮相呼應——台灣詩學季刊社十五周年慶〉所說：「我們站在上世紀九〇年代，面對台灣現代新詩的處境與發展，存有憂心；對於文學的歷史解釋，頗為焦慮。我們選擇組社辦刊，通過媒體編輯及學術動員，在現代新詩領域強力發聲，護衛詩與台灣的尊嚴。」這是對詩藝的執著，對台灣新詩史、新詩學的歷史承擔。《台灣詩學》的歷史使命如此昭然若揭，從此展開跨越世紀的不懈奮鬥旅程。

一九九二至二〇〇一的前十年，《台灣詩學》經歷向明（董平，一九二八～）、李瑞騰兩位社長，白靈（莊祖煌，一九五一～）、蕭蕭（蕭水順，一九四七～）兩位主編，以季刊方式發行四十期二十五開本詩雜誌，評論與創作同步催生，在眾多偏向詩作發表的詩刊中獨樹一幟，對於增厚新詩學術地位，推高現代詩學層次，顯現耀眼成績。二〇〇三年五月改變編輯路向，易名為《台灣詩學學刊》，邁向純正學術論文刊物之路，每篇論文經過匿名審查，通過後始得刊登，是一份理論與實踐並重、歷史與現實兼顧的二十開本整合型詩學專刊（半年一期），也是台灣地區最早成為ＴＨＣＩ期刊審核通過的詩雜誌，首任學刊主編鄭慧如（一九六五～）負責前五年十期編務，設計專題，率先引領風騷，達陣成功。繼任主編為詩人唐捐（劉正忠，一九六八～），賡續理想，擴大諮商對象，將詩學學刊提升為華文世界備受矚目的詩學評論專刊。

　　二〇〇三年六月十一日「台灣詩學」同仁蘇紹連（一九四九～）以個人力量闢設「台灣詩學‧吹鼓吹詩論壇」網站（http://www.taiwanpoetry.com/phpbb3/），原先在網頁上到處尋訪知音的新詩寫作者，彷彿遇到了巨大的磁石，紛紛自動集結在蘇紹連四周，「吹鼓吹詩論壇」網站儼然成為台灣地區最大的現代詩交流平台，以二〇一二年五月而言，網站上的版面除〔台灣詩學總壇〕、〔詩學論述發表區〕之外，可供網友發表詩創作的區塊，以類型分就有散文詩、圖象詩、隱題詩、新聞詩、小說詩、無意象詩、台語

詩、童詩、國民詩等，以主題分則有政治詩、社會詩、地方詩、旅遊詩、女性詩、男子漢詩、同志詩、性詩、預言詩、史詩、原住民詩、惡童詩、人物詩、情詩、贈答詩、詠物詩、親情詩、勵志詩等，另有跨領域詩作：影像圖文、數位詩、應用詩、朗誦詩、歌詞•曲等等，不可或缺的意見交誼廳、詩壇訊息、民意調查、詩人寫真館、訪客自由寫、個人專欄諸項，項項俱全，文章總數已達十二萬篇以上，網頁通路所應擁有的功能無不具足，新詩創作、評論與教學所應含括的範疇與內容，無不齊備。二〇〇五年九月紙本《吹鼓吹詩論壇》在蘇紹連主導下隆重出版，這是將半年來網路論壇上所發表的詩作，披沙揀金，選出傑異作品刊登於《吹鼓吹詩論壇》雜誌上，台灣網路詩作不僅可以快速在網路上流傳，還可以以紙本的面貌與傳統性質的現代詩刊一較短長，網界盛事，也是詩壇新聞，「台灣詩學」因而成為台灣新詩史上同時發行嚴正高規格的「學刊」與充滿青春活力「吹鼓吹」的雙刊同仁集團。前任社長李瑞騰所期許的「台灣現代新詩具體而微的百科全書」，「吹鼓吹詩論壇」網站與紙本的刊行，應已達成。

　　二〇一二年，「台灣詩學季刊雜誌社」創社二十週年，檢視這二十年的足跡，我們不改最早創刊的初衷，不負「台灣」、「詩學」的遠大理想，一直站在台灣土地的現實上向詩瞭望，跨世紀、跨領域增強詩學、詩藝，將以十六冊書籍的出版、兩本詩刊《台灣詩學學刊》、《吹鼓吹詩論壇》的持續發行，展現我們的決志與毅力，繼續向詩、向未來瞭望與邁進。

台灣詩學同仁在創作與評論上分頭努力，因此在二十週年社慶時我們出版六冊詩集、兩冊論集（均由秀威資訊公司出版），詩集是向明的《低調之歌》、尹玲的《故事故事》、蕭蕭的《雲水依依——蕭蕭茶詩集》、蘇紹連的《少年詩人夢》、白靈的《詩二十首及其檔案》、雲朵的《玫瑰的國度》，含括了年紀最長的向明，寫詩資歷最淺、由評論界跨足創作領域的雲朵（李翠瑛）；中生代的四位詩人各有特色，尹玲配合照片說故事，蕭蕭配以小學生的繪圖專力寫作茶詩，蘇紹連則解剖自己，以詩話的舒緩語氣說他的少年詩人夢，白靈不改科學家與新詩教育家精神，以自己寫詩歷程的各階檔案，如實印製，期能對寫詩晚輩有所啟發。論集是新世代評論家林于弘（方群）的《熠熠群星：臺灣當代詩人論》、解昆樺的《台灣現代詩典律與知識地層的建構推移：以創世紀與笠詩社為觀察核心》，對於詩人、詩社的發展，全面關注，深刻觀察。

　　此外，跨領域的合作，還包括與海內外學界合作出版《閱讀白靈》（秀威）、《網路世紀・故里情懷》（萬卷樓）學術研討會論文集，編輯海內外第一本網路世代詩人選《世紀吹鼓吹》、海內外第一本《台灣生態詩》（爾雅），跨領域也跨海域。這種跨領域也跨海域的工作範疇，當然也呈現在二〇〇九年開始，蘇紹連以個人力量訂立方案、獲得「秀威資訊科技有限公司」贊襄的「台灣詩學吹鼓吹詩人叢書」，目前已出版十九冊，最新的四冊是楊曦的《自體感官》，古塵的《屬於遺忘》，王羅蜜多的《問路——用一首

詩》，肖水的《中文課》，其中肖水（簡體字）即為上海年輕詩人。

　　二十年來，「台灣詩學季刊雜誌社」以「台灣」、「詩學」為主體、為基地，但不以「台灣」、「詩學」為拘限，不以「台灣」、「詩學」為滿足，下一個二十年，全新的華文新詩界，台灣詩學將會聯合所有愛詩的朋友，貢獻出跨領域、跨海域的詩學與詩藝，一起發光且發亮。

二〇一二年八月寫於明道大學

序

從手稿到檔案

白靈

世間事沒有什麼是一定的，許多事歷經時間淘洗，後來回頭一看，有可能已面目全非，難以辨識。自身視為珍貴的，在別人甚至親友眼裡，有可能只是垃圾一堆或笑話一樁。很多堅持和執著的緣由或肇端，回頭一想都已不甚了了，但這又何妨？也許只是年少不經事、也許只是無厘頭的直覺；當初何以如此，或走到或錯到目前這地步，都很難追索探究，最後大半皆只能歸結到個性、宿命、乃至神祕的基因。

因此從小就念舊的特質不知能不能歸於遺傳？隻字片語、一張車票或戲票，只要稍具紀念意義的，總是不捨地留下，卻又因記憶不佳，事過境遷，又全然忘記得乾乾淨淨，末了可能只剩日期聊供憑弔。因此很多事想寫成日記，卻因長期的惰性而終至成為月記年記乃至紛亂的札記、筆記，而其中自己始終感到最為寶貝的只剩下詩了。以是對於詩的任何紙條或殘片，總是不肯捨棄，卻又未嘗整理得宜，末了最多也只能做到有如後來《五行詩及其手稿》一書所呈現的詩的殘稿、草稿、和多到十餘改的手稿形式。

在手工運作的紙上作業過程中，思維的轉折和改變，由於劃來塗去，很難在同一稿紙上確切明白諸詞出現的前後，只能由一稿二稿三稿的重謄略知其演變。而因時代變遷和投稿形式多透過網路傳遞，已是不可能回頭的趨勢，電腦鍵盤書寫乃成不可更替的形式，於是筆者使用小蒙恬手寫板輸入文字成了近十年來的習慣，手稿頓然銳減，由其中突有將思維過程如何記錄存檔的困擾。雖然有時看似定稿，末了仍可能多次修剪，其痕跡類似手稿文本的變換。但其後發現，每回在輸入文字時，詩想聯翩，常有突出意想之外的畫面或文詞闖入，於是第一次「類定稿」的完成前，其實已歷經十數次乃至數十次詞句的調動、修改、換轉過程，如果在準備將「類定稿」存檔前，將末稿先存檔一次，再按「復原」的回轉符號，可回復一次即存檔一次，或回復到最前端詩想開始的第一行乃至前幾個字，其間每隔一行、半行、或有意味的跳動時，即予存檔一次。如此回頭一瞧，竟往往一首詩可累積存檔二、三十個檔案，其間何時該存檔，的確是主觀的選擇。有時看似已定稿，隔日或隔數天再看，又有幾字要改，存檔便可持續下去。有時卻自慚未竟全功，可能又大動干戈，大修大剪一翻，甚至另起爐灶，重新來過。這在過去用手稿書寫的紙媒年代，是費時又費神的「塗抹過程」，末了往往面目全非、慘不忍睹，如今電子媒介介入，卻有另一番景象，但存檔的程序卻必須當下為之，一旦關閉檔案，則一切將如雪泥鴻爪，無從尋覓。

本詩集即為筆者近作，從手稿轉換到電腦檔案的變化

中，記錄了詩想的細微波紋，企圖在時間的快速淘洗中，捕捉乃至撈取詩形成的緣由和肇端。打破了過去草稿、初稿、手稿的傳統概念。當然先前已出版成詩集的詩檔案，此處只有暫時從缺。

此類比於紙媒「手稿」的所謂電媒「鍵盤稿」，或與「手稿」的真實物質容有不同，但記錄詩想流動的可能和「存真率」或許更高。而在西方，「文本的前世與今生」之「手稿學」的研究已被視為「在西方後理論時代，新文本研究典範的雛形」、「透過手稿，也許我們得以檢視文本跨越時空的無意識層面」（康來新、易鵬），於是手稿在往昔版本學之外，有機會成為文本研究的重要範疇。手稿之獲重視，固然是「創作行為的研究，在筆畫線條間看作家伏案之際的吐納英華，在字句更動中看作家的修辭能力、情思躍動與乎人文關懷」，與完成的作品比對，「自有其幽深複雜之處」（李瑞騰），而此「幽深複雜」或即何金蘭在其《法國文學理論與實踐》一書所說欲直探「最初始的神秘源頭、誕生狀態」、「作者的心理、思維之迂迴旋繞、塗抹修改過程」，直至「各階段與層次的曲折蜿蜒、精采奧秘」，凡「一切『前文本』的可能蹤跡、可能演繹之意涵與面貌」。但在台灣除了2010年9月在文學館開了個「手稿、文本與數位文獻」國際學術研討會外，目前此手稿學在台灣可說還在起步摸索的階段。況且其研究恐因原稿(非定本的手跡稿)求之不易，且難免因手稿筆跡的混亂與塗改，使研究者陷入「自由心證」乃至猜想作者心思的困境。

固然有人認為手稿學的研究成果是正面而樂觀的，「常帶有驚人的震撼力，往往連作者本人都迫不及待地要讀，因為作者主觀意圖和研究者客觀分析是不相同的，甚至是大相徑庭的，但因為言之有理，是對大家都有啟迪的」（舒乙）。但問題即在往後手稿來源的匱乏和消跡，令不少專家不知如何解決。如此，筆者上述以「詩想的流動檔案」取代過去「手稿」的方式，恐怕可以部份解決如前輩詩人向明所擔憂電媒取代紙媒，將使「『原稿學』以及屬於『文學社會學』的『文學發生學』，由於均靠最原始的原稿、以及改動得難以辯識的初稿，作為研究文學發生的最大來源，這些研究的專家也感覺研究難以為繼」的可能，得以暫獲紓緩，也或可重啟另一扇對「詩之發生學」研究的大門。

人類的思維被認為是「一種優質的波動」（船井幸雄），詩的思維是人之能量藉靈光而閃爍的釋放方式，在漫漫未知濃霧或黑夜中，欲劃出一條條短暫優美的曲線。其波動方式應是迷人的，卻一閃即逝，筆者以電媒鍵盤的「流動檔案」企圖描繪此一「優質的波動」，此集即是此一領域的初航，就視之為幾條曲線扭動的波紋或幾絲螢火過的飛痕罷。

目次

濁水溪

自奇萊山壁跳下的
一則金黃色傳奇
幾十萬公頃的陽光正等候
一支長長水做的嗩吶

濁水溪，沙子與人子
開始在你的傳奇裡翻滾
中華白海豚也在
遙遠的潮間帶，喊你

你是台灣最會哭的淚腺
一條繫住南與北的黃金緞帶
每株樹每個人每座橋每盞燈
都在你的傳奇裡，找自己傳奇的影子

你是善良的，你是邪惡的
你是溫順的，你是狂暴的
這土地到處張貼著都是
你小黃河的名字

濁水溪，你的哪一滴水
不是天空的眼淚？
你的哪一粒砂不是大山的身體？
你天天載著千萬朵雲，在我們眼前奔跑

你一點一滴把中央山脈帶去流浪
你是一條把台灣揉成萬花筒的河！

註：濁水溪發源於奇萊山與合歡山之間，含沙量約淡水河15倍，
　　高屏溪10倍，日本學者伊能嘉矩稱之為「小黃河」。濁水溪
　　口是全台僅存最大片原始泥灘地，有瀕臨絕種的中華白海
　　豚、稀有的東方白鸛、黑嘴鷗和大杓鷸。

〈濁水溪〉

檔案

❀ 檔案1

2011年2月18日 版

A.〈濁水溪的倒影〉

照不出天上開花的雲
照不出地面搬戲的你
照不出哈腰的山和樹
濁水溪能倒出什麼影

滿嘴中央山脈的土石
滿眼八方風雨的淚水
一條向海奔去的喉嚨
濁水溪全身都是聲音

想照出山裡子民的怨
想照出平地百姓的哀
想照出台灣的好與壞
濁水溪頭尾都是皺紋

倒影吐不完，剩下石頭
愛恨流不盡，剩下沙子

一條狂奔向海的喉嚨
濁水溪全身剩下聲音

濁水溪全身都是聲音

B.〈濁水溪的倒影〉lô-chúi-khe ê tò iá^n （台語版）

照不出天頂開花的雲
照不出地面搬戲的你
照不出彎身的山與樹
濁水溪會照出什麼影sím-mih iá^n

滿嘴chhùi中央山脈soa^n-meh的沙石
滿目八方pat-hong風雨的目屎
一條奔向phun-hiòng海的嚨喉
濁水溪全身攏是聲音

想要照出山裡子民chú-bîn的怨
想要照出平地pêng-tē百姓的哀
想要照出台灣的好與壞
濁水溪頭尾都是攏是皺痕jiâu-hûn

倒影吐不完bē-ôan，只偆石頭
愛恨流不盡bē-chīn，只偆沙母
一條奔向phun-hiòng海的嚨喉
濁水溪全身只偆聲音

濁水溪全身攏是聲音

※ 檔案2（重寫手稿I）

※ 檔案3

溪裡哪一滴水
不是天空的眼淚？
溪裡哪一粒砂
不是大山的身體？
濁水溪天天載著千萬朵雲
在我們眼前奔跑
濁水溪天天載著中央山脈
蛇向海峽去看海
這是台灣最會哭的淚腺
一條繫住南與北的黃金緞帶
樹影與人影，車影與人影
一條把倒影揉成萬花筒的河流

※ 檔案4

（前均同）
樹影與人影，車影與人影
一條把倒影揉成萬花筒的河流
濁水溪載著千萬個你和我
吹奏著一支長長的水做的嗩吶

✳ 檔案5

（前均同）
樹影與人影，車影與人影
一條把倒影揉成萬花筒的河流
濁水溪從中央山脈飛下來
載著千萬個你和我
向海奔跑
吹奏著一支長長的水做的嗩吶

✳ 檔案6

（開始分段）
溪裡哪一滴水
不是天空的眼淚？
溪裡哪一粒砂
不是大山的身體？

濁水溪天天載著千萬朵雲
在我們眼前奔跑
濁水溪天天載著中央山脈
蛇向海峽去看海

這是台灣最會哭的淚腺
一條繫住南與北的黃金緞帶
樹影與人影，車影與燈影
一條把倒影揉成萬花筒的河流

濁水溪從中央山脈飛下來
載著千萬個你和我
向海奔去
吹奏著一支長長的水做的嗩吶

※ 檔案7

（檔案6倒數第2句）
向海飛去

※ 檔案8

（檔案6末5句）
一條把**你我心情**揉成萬花筒的河流

濁水溪從中央山脈飛下來
穿透千萬顆石頭的故事

向海飛去
吹奏著一支長長水做的嗩吶

❋ 檔案9

（檔案6第8句）
濁水溪天天載著中央山脈
向海學習流浪和澎湃

（第11句）
樹影與人影，**橋影與燈影**
一條把你我心情揉成萬花筒的河流

❋ 檔案10

（檔案8第3句）
穿透千萬顆石頭**和人**的故事

❋ 檔案11

（調整段落）
濁水溪從中央山脈飛下來
穿透千萬顆石頭和人的故事
向海飛去
吹奏著一支長長水做的嗩吶

它的哪一滴水
不是天空的眼淚？
它的哪一粒砂
不是大山的身體？

濁水溪天天載著千萬朵雲
在我們眼前奔跑
這是台灣最會哭的淚腺
一條繫住南與北的黃金緞帶

帶走樹影與人影，帶走橋影與燈影
一條把你我心情揉成萬花筒的河流
濁水溪天天載著中央山脈
飛下來，學習澎湃和流浪，向海

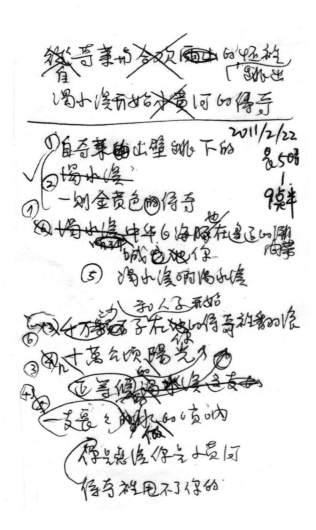

✺ 檔案13（手稿III）

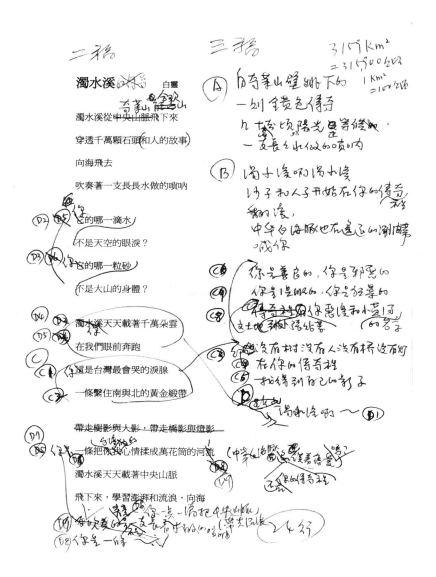

❋ 檔案14

自奇萊山壁跳下的
一則金黃色傳奇
幾十萬公頃的陽光正等候
一支長長水做的嗩吶

濁水溪啊濁水溪
沙子與人子開始在你的
傳奇裡，翻滾
中華白海豚也在遙遠的
潮間帶，喊你

你是台灣最會哭的淚腺
一條繫住南與北的黃金緞帶
卻沒有樹沒有人沒有橋沒有燈
在你的傳奇裡
找得到自己的影子

你是善良的，你是邪惡的
你是溫順的，你是狂暴的
這土地到處張貼著
你惡溪
和小黃河的名字

濁水溪啊濁水溪
你的哪一滴水不是天空的眼淚？
它的哪一粒砂不是大山的身體？
吹奏著一支長長水做的嗩吶

濁水溪天天載著千萬朵雲
在我們眼前奔跑
一條把你我心情揉成萬花筒的河流
濁水溪天天載著中央山脈
飛下來，學習澎湃和流浪，向海

❋ 檔案15

（檔案14末兩段）
濁水溪啊濁水溪
你的哪一滴水不是天空的眼淚？
你的哪一粒砂不是大山的身體？
你天天載著千萬朵雲
在我們眼前奔跑

你一點一滴把中央山脈帶去流浪
你，吹奏的究竟是不是
一支長長水做的嗩吶
你是一條把心情揉成萬花筒的河流

✻ 檔案 16

（檔案 14 末四段）
你是台灣最會哭的淚腺
一條繫住南與北的黃金緞帶
每株樹每個人每座橋每盞燈
都在你的傳奇裡，找自己傳奇的影子

你是善良的，你是邪惡的
你是溫順的，你是狂暴的
這土地到處張貼著都是
你小黃河的名字

濁水溪啊濁水溪
你的哪一滴水不是天空的眼淚？
你的哪一粒砂不是大山的身體？
你天天載著千萬朵雲
在我們眼前奔跑

你一點一滴把中央山脈帶去流浪
你，吹奏的究竟是不是
一支長長水做的嗩吶？
你是一條把台灣的心情揉成萬花筒的河！
（中華白海豚還在你的傳奇裡談著戀愛嗎？）

檔案17（手稿IV）

濁水溪

白靈

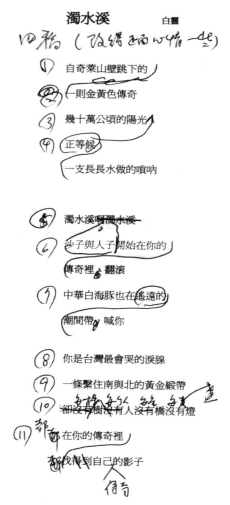

① 自奇萊山壁跳下的

② 一則金黃色傳奇

③ 幾十萬公頃的陽光

④ 正等候

一支長長水做的嗩吶

⑤ 濁水溪啊濁水溪

⑥ 沙子與人子開始在你的

傳奇裡翻滾

⑦ 中華白海豚也在遙遠的

潮間帶喊你

⑧ 你是台灣最會哭的淚腺

⑨ 一條繫住南與北的黃金緞帶

⑩ 卻沒有樹沒有人沒有橋沒有燈

⑪ 都在你的傳奇裡

都找得到自己的影子

12) 你是善良的，你是邪惡的

13) 你是溫順的，你是狂暴的

14) 這土地到處張貼著

你是

小黃河的名字

15) 濁水溪啊濁水溪

16) 你的哪一滴水不是天空的眼淚？

17) 你的哪一粒砂不是大山的身體？

18) 你天天載著千萬朵雲，

19) 在我們眼前奔跑

19) 你一點一滴把中央山脈帶去流浪

你，吹奏的究竟是不是——

一支長長水做的嗩吶？

20) 你是一條把台灣的心情揉成萬花筒的河！

（中華白海豚還在你的傳奇裡談著戀愛哦）

註：濁水溪發源於奇萊與合歡山之間，含沙量約淡水河 15 倍，高屏溪 10 倍，日本學者伊能嘉拒，稱為「小黃河」。濁水溪口是全台僅存最大片完整的原始泥灘地，有瀕臨絕種的中華白海豚、稀有的東方白鸛、黑嘴鷗和大杓鷸，因六輕開發受到最嚴重威脅。

※ 檔案18

（末三句）
你一點一滴把中央山脈帶去流浪
你是一條把台灣的心情揉成萬花筒的河！
（中華白海豚還在你的傳奇裡談著戀愛嗎？）

※ 檔案19

（檔案18刪去末句）
你一點一滴把中央山脈帶去流浪
你是一條把台灣的心情揉成萬花筒的河！

※ 檔案20

（所有word檔案）

向雙手致敬
——當18公尺的海嘯磨鏽了高聳的樹梢

在岩手縣的海邊
當18公尺的海嘯磨鏽了一長排高聳的樹梢
幾千雙手就一直沒有回家
幾千雙手迷失在大海的一雙大手裡
正奮力用手，摸索回家的路
幾萬雙手跑進大海狂亂的頭髮裡翻找
划著船跑進大海巨大的口袋裡翻找
喊著每雙手的名字

當18公尺的海嘯磨鏽高聳的樹梢
幾萬雙手就在這海邊
重新燃亮幾萬盞燈
沒有一盞燈寫了名字
就像沒有一雙手寫了名字
但掉進大海的那幾千雙手
卻照得到每盞燈
幾百或幾千度C的熱度
和幾十或幾百公尺高的心事

即使沒有一雙手寫了名字
卻沒有一雙手有相同的紋路

當18公尺的海嘯磨鏽屋瓦、樑柱和樹梢
幾萬雙手仍頑強地在這海邊揮手
幾千雙手也在海浪裡頑強地揮手
此一雙手要向彼一雙手致敬
彼一雙手也會向此一雙手致敬
沒有一雙手寫了名字
但沒有一雙手無不寫了名字

「向老岩手縣的你的雙手致敬！」
海邊的這雙手說
「向新岩手縣的你的雙手致敬！」
海裡的那雙手說

（即使18公尺的海嘯磨鏽了樹梢
　和時鐘）

註：2011年日本8.9級的311大地震，造成2萬人死亡及失蹤，岩手
　　縣約六千人，造訪的大槌町約占其半，多為老人，全鎮幾被
　　海嘯夷平。

〈向雙手致敬〉

檔案

❊ 檔案1

要向大家的雙手致敬

❊ 檔案2

要向大家的努力致敬

❊ 檔案3

沒有一雙手寫了名字

❊ 檔案4

在這海邊
沒有一雙手寫了名字
但天下沒有一雙手是完全相同的

❊ 檔案5

〈向雙手致敬〉

在這海邊
幾千雙手一直沒有回家
沒有一雙手寫了名字
但天下沒有一雙手是完全相同的

※ 檔案6

在這海邊
幾千雙手一直沒有回家
幾千雙手找不到回家的路

沒有一雙手寫了名字
但天下沒有一雙手是完全相同的

※ 檔案7

在這海邊
幾千雙手一直沒有回家
幾千雙手找不到回家的路
幾千雙手一直沒有回家

沒有一雙手寫了名字
但天下沒有一雙手是完全相同的

❋ 檔案8

在這海邊
幾千雙手一直沒有回家
幾千雙手找不到回家的路
幾千雙手被一雙大海的大手

沒有一雙手寫了名字
但天下沒有一雙手是完全相同的

❋ 檔案9

在這海邊
幾千雙手一直沒有回家
幾千雙手找不到回家的路
幾千雙手掉進大海的一雙大手裡了
幾萬雙手跑進大海的頭髮裡翻找
上衣口袋裡沒有一雙手寫了名字
但天下沒有一雙手是完全相同的

❋ 檔案10

在這海邊

幾千雙手一直沒有回家
幾千雙手找不到回家的路
幾千雙手掉進大海的一雙大手裡了
幾萬雙手跑進大海的頭髮裡翻找
划著船跑進大海的口袋裡翻找
沒有一雙手寫了名字
但天下沒有一雙手是完全相同的

❋ 檔案11

划著船跑進大海的口袋裡翻找
喊著每雙手的名字
幾萬雙手重新點亮幾萬盞燈
沒有一盞燈寫了名字
就像沒有一雙手寫了名字
但掉進大海的那幾雙手但天下沒有一雙手是完全相同的

❋ 檔案12

在這海邊
幾千雙手一直沒有回家
幾千雙手在大海的一雙大手裡

正奮力，摸索著回家的路
幾萬雙手跑進大海的頭髮裡翻找
划著船跑進大海的口袋裡翻找
喊著每雙手的名字

幾萬雙手在這海邊
重新點亮幾萬盞燈
沒有一盞燈寫了名字
就像沒有一雙手寫了名字
但掉進大海的那幾千雙手
感受得到每盞燈的不同熱度和心事
就像沒有一雙手寫了名字
但沒有一雙手是完全相同的

✲ 檔案13

幾萬雙手在這海邊
重新點亮幾萬盞燈
沒有一盞燈寫了名字
就像沒有一雙手寫了名字
但掉進大海的那幾千雙手
卻照得到每盞燈的不同熱度
和心事

就像沒有一雙手寫了名字
但沒有一雙手是相同的

幾萬雙手在這海邊揮手
幾千雙手也在海浪裡揮手
此一雙手向彼雙手致敬
彼一雙手也向此雙手致敬

❋ 檔案14

（檔案13末段）
幾萬雙手在這海邊揮手
幾千雙手也在海浪裡揮手
此一雙手向彼一雙手致敬
彼一雙手也向此一雙手致敬
沒有一雙手寫了名字
但沒有一雙手無不寫了名字

❋ 檔案15

在這海邊
幾千雙手一直沒有回家

幾千雙手在大海的一雙大手裡
正奮力，摸索著回家的路
幾萬雙手跑進大海狂亂的頭髮裡翻找
划著船跑進大海巨大的口袋裡翻找
喊著每雙手的名字

幾萬雙手在這海邊
重新點亮幾萬盞燈
沒有一盞燈寫了名字
就像沒有一雙手寫了名字
但掉進大海的那幾千雙手
卻照得到每盞燈的**不同**熱度
和心事
就像沒有一雙手寫了名字
但沒有一雙手有相同的紋路

幾萬雙手在這海邊揮手
幾千雙手也在海浪裡揮手
此一雙手向彼一雙手致敬
彼一雙手也會向此一雙手致敬
沒有一雙手寫了名字
但沒有一雙手無不寫了名字

向你的雙手致敬，海邊的這雙手說
向你的雙手致敬，海裡的那雙手說

❋ 檔案16

（檔案15第二段）
但掉進大海的那幾千雙手
卻照得到每盞燈
幾百或幾千度C的熱度
和幾十或幾百公尺高的心事
就像沒有一雙手寫了名字
但沒有一雙手有相同的紋路

❋ 檔案17

（2012年5月18日）
在岩手縣的海邊
幾千雙手一直沒有回家
幾千雙手旋進大海的一雙大手裡
正奮力用手，摸索回家的路
幾萬雙手跑進大海狂亂的頭髮裡翻找
划著船跑進大海巨大的口袋裡翻找
喊著每雙手的名字

幾萬雙手在這海邊
重新燃亮幾萬盞燈

沒有一盞燈寫了名字
就像沒有一雙手寫了名字
但掉進大海的那幾千雙手
卻照得到每盞燈
幾百或幾千度C的熱度
和幾十或幾百公尺高的心事
即使沒有一雙手寫了名字
卻沒有一雙手有相同的紋路

幾萬雙手在這海邊揮手
幾千雙手也在海浪裡揮手
此一雙手向彼一雙手致敬
彼一雙手也會向此一雙手致敬
沒有一雙手寫了名字
但沒有一雙手無不寫了名字

向老岩手縣的你的雙手致敬
海邊的這雙手說
向新岩手縣的你的雙手致敬
海裡的那雙手說

✳ 檔案18

（2012年9月5日加副標題）
向雙手致敬
——當18公尺的海嘯磨過樹梢

✳ 檔案19

（改前兩段）
在岩手縣的海邊
當18公尺的海嘯磨鏽樹梢後
幾千雙手一直沒有回家
幾千雙手旋進大海的一雙大手裡
正奮力用手，摸索回家的路
幾萬雙手跑進大海狂亂的頭髮裡翻找
划著船跑進大海巨大的口袋裡翻找
喊著每雙手的名字

當18公尺的海嘯磨鏽樹梢後
幾萬雙手在這海邊
重新燃亮幾萬盞燈
沒有一盞燈寫了名字
就像沒有一雙手寫了名字

但掉進大海的那幾千雙手
卻照得到每盞燈
幾百或幾千度C的熱度
和幾十或幾百公尺高的心事
當18公尺的海嘯磨鏽樹梢後
即使沒有一雙手寫了名字
卻沒有一雙手有相同的紋路

❋ 檔案20

（再改副標題及第二句）
向雙手致敬
——當18公尺的海嘯<u>磨鏽樹梢</u>後

在岩手縣的海邊
當18公尺的海嘯磨鏽了<u>**一長排**</u>樹梢

❋ 檔案21

（三改副標題）
向雙手致敬
——當18公尺的海嘯磨鏽<u>高聳的樹梢</u>之後

（結尾加二句）
（即使18公尺的海嘯磨鏽了樹梢
和時鐘）

❋ 檔案22

（四改副標題及第二句）
向雙手致敬
──當18公尺的海嘯磨鏽了高聳的樹梢

在岩手縣的海邊
當18公尺的海嘯磨鏽了**一長排高聳的樹梢**

❋ 檔案23

（第二段首句）
當18公尺的海嘯磨鏽**樹梢之高之聳後**
幾萬雙手就在這海邊
重新燃亮幾萬盞燈
沒有一盞燈寫了名字
就像沒有一雙手寫了名字
但掉進大海的那幾千雙手

卻照得到每盞燈

幾百或幾千度C的熱度

和幾十或幾百公尺高的心事

即使沒有一雙手寫了名字

卻沒有一雙手有相同的紋路

（第三段前三句）

當18公尺的海嘯磨鑢屋瓦、樑柱和樹梢

幾萬雙手**頑強地**在這海邊揮手

幾千雙手也在海浪裡**頑強地**揮手

※ 檔案24

（第四段）

「向老岩手縣的你的雙手致敬！」

海邊的這雙手說

「向新岩手縣的你的雙手致敬！」

海裡的那雙手說

✻ 檔案25

（第二段首句）
當18公尺的海嘯**磨鑢高聳的樹梢**

如何泡一株巨榕
——雲水謠古鎮那個下午

只要太陽肯俯身下探
再大的榕樹不過是
地球上一片葉子罷了

我們坐在這片葉子下向上仰望
卻是高張十丈的巨翅
綠開百米寬的陰涼

誰能由其懷抱中從容離去？
誰不想趺坐成眼前白色小瓷杯？
日日任黑臉師傅傾注泉水

再高聳的巨榕都乖乖滑入其中了
滑成杯中一片茶葉
陽光只能躲在杯底葉脈間偷窺

那天的雲水就是這樣飛入喉間
蜿蜒你我的唇峽舌溪和齒岩
成就此後無人知曉的神蹟

〈如何泡一株巨榕〉

檔案

❋ 檔案1

太陽俯身下探
再大的榕樹
也不過是一片茶葉罷了

❋ 檔案2

太陽俯身下探
大榕樹不過是一片葉罷了

❋ 檔案3

太陽俯身下探
大榕樹不過是一片葉子
我們在這片葉子下向上仰望
卻是十丈高的巨翅

❋ 檔案4

只要太陽**肯**俯身下探

再大的榕樹不過地球一片葉子罷了

我們坐在這片葉子下向上仰望

卻是**高張十丈**的巨翅

推開一百米寬的陰涼

我們從容攤在牠的懷抱中

而在擺開的小瓷杯上

只要倒入泉水

巨榕就臥躺在其中

❋ 檔案5

（改後5行）

能推開百米寬的陰涼

我們攤在其懷抱之從容中

擺開**十隻白色**小瓷杯

師傅說要倒入泉水**了**

巨榕**就乖乖滑入**其中

❋ 檔案6

（加幾行）

師傅說要倒入泉水了

巨榕就乖乖滑入其中
成為一片茶葉
陽光只能在葉脈的隙縫偷窺
那天的雲水就這樣
纏綿此後你我的唇舌齒縫間
成為無人知曉的

檔案7

（分四段）
只要太陽肯俯身下探
再大的榕樹不過地球一片葉子罷了

我們坐在這片葉子下向上仰望
卻是高張十丈的巨翅
能推開百米寬的陰涼
我們攤在其懷抱之從容中

擺開十隻白色小瓷杯
師傅說要倒泉水了
巨榕就乖乖滑入其中
成為一片茶葉
陽光**在杯底葉脈的**隙縫偷窺

那天的雲水就這樣
纏繞此後你我的唇舌齒縫間
成為無人知曉的

※ 檔案8

（分五段）
只要太陽肯俯身下探
再大的榕樹不過是
地球一片葉子罷了

我們坐在這片葉子下向上仰望
卻是高張十丈的巨翅
能推開百米寬的陰涼

誰能從其懷抱之從容中離去
誰都想坐成眼前十隻白色小瓷杯
師傅說要倒泉水了

巨榕就乖乖滑入其中
成為一片茶葉
陽光在杯底葉脈的隙縫偷窺

那天的雲水就這樣
纏繞此後你我的唇舌齒縫間
成為無人知曉的

✳ 檔案9

（改末兩段）
巨榕就乖乖滑入其中
滑成一片茶葉
陽光**只能躲在**杯底葉脈**間**偷窺

那天的雲水就這樣
蜿蜒此後你我的**唇峽舌溪和齒岩**
成為無人知曉的

✳ 檔案10

我們坐在這片葉子下向上仰望
卻是高張十丈的巨翅
綠開百米寬的陰涼

誰能由其懷抱中從容離去？

誰**不想趺坐成眼前白色小瓷杯？**
日日任黑臉師傅傾注泉水

再高聳的巨榕都乖乖滑入其中**了**
滑成**杯中**一片茶葉
陽光只能躲在杯底葉脈間偷窺

那天的雲水**就是這樣飛入喉間**
蜿蜒你我的唇峽舌溪和齒岩
成就此後無人知曉的神蹟

☀ 檔案11

（所有word檔案）

大板根咖啡廳小坐

落地窗也黃昏了
燈盞深入室外
懸在茄冬樹身上

你在樹下坐著
燈火在你臉上
燃燒

我在室內扮鬼臉
你毫無所覺
你在火中

一張鬼臉竭盡一切──
寂寞在你臉龐
旋即就枯萎了

一如　你
和我
的人生

〈大板根咖啡廳小坐〉

檔案

大板根咖啡廳的虞格小坐有得

五臺

隔著落地窗的燈昏了
方格子火燒深入室外
掛在茄冬樹身上
你在樹下，保密這燈火在你臉上
燃燒　　坐著

我在室內扮鬼臉
你毫不察覺，你在火中
一身張鬼臉～～～～～
　　　　　　寂寞在你臉旁
枯萎，～～
像你和我的人生

2003/6/12
於那裏
⊕大板根60000
咖啡廳的头

❀ 檔案2

落地窗也黃昏了
燈盞深入室外
懸在茄冬樹身上
你在樹下坐著，燈火在你臉上
燃燒

我在室內扮鬼臉
你毫無所覺，你在火中
一張鬼臉竭盡一切
寂寞在你臉龐

❀ 檔案3

（第二段加一句，末尾加一段）
我在室內扮鬼臉
你毫無所覺，你在火中
一張鬼臉竭盡一切
——**寂寞在你臉龐**
枯萎了

像你
和我的人生

✻ 檔案4

（改第二段末句）
我在室內扮鬼臉
你毫無所覺，你在火中
一張鬼臉竭盡一切——
寂寞在你臉龐
旋即就枯萎了

✻ 檔案5

2012年10月版

（改第三段首句）
一如　你
和我的人生

✻ 檔案6

（分五段）
落地窗也黃昏了

燈盞深入室外
懸在茄冬樹身上

你在樹下坐著
燈火在你臉上
燃燒

我在室內扮鬼臉
你毫無所覺，你在火中

一張鬼臉竭盡一切——
寂寞在你臉龐
旋即就枯萎了

一如 你
和我的人生

❋ 檔案7

（第三、五段重新斷句）
我在室內扮鬼臉
你毫無所覺
你在火中

一張鬼臉竭盡一切──
寂寞在你臉龐
旋即就枯萎了

一如 你
和我
的人生

念之流浪

——擬1949年澎湖713事件流亡學生 被投海前寫的瓶中詩

瓶子的命運屬於瓶子還是海？
聽過一海之怒吼後的一首詩還是詩嗎？

瓶內與詩共存的，是我最終一口氣
而瓶子是我是念是地球，茫茫大海是宇宙

打開要小心，那是腦殼下點點點
臨去殘存的一個如火之影

幾億瓶中的一瓶
傲倖亮在你十指間的
母親，請為我印上您——生之唇印吧

〈念之流浪〉

檔案

※ 檔案1

　　此詩是應聯合報副刊徵八行「瓶中詩」的示範作品。詩的發想來自先前筆者在〈以形式搬運法突顯承載與流動的人生〉一文（見蕭蕭、羅文玲主編《悅讀隱地‧創造自己》（爾雅，2011）一書）中，引用隱地詩作〈人體搬運法〉（見《法式裸睡》（爾雅，1995），頁63-65）所作的兩篇示例〈念的搬運法〉及〈落葉的搬運法〉引發而來，隱地原作為：

　　〈人體搬運法〉　　隱地

　　用汽車
　　用火車
　　用輪船
　　用飛機

　　從甲地搬到乙地
　　乙地搬到丙地丁地
　　最後又搬回甲地
　　搬運人體的運動
　　人們稱為旅行

　　直著搬

橫著搬

躺著搬

趴著搬

搬到野外種玫瑰花的地方

搬到十七層樓開刀中心進行手術

搬在另一個人身上

讓他自己走

坐在輪椅上的

可以推他

揹在背上的

可以上樓

抱在心裡的

可以上床

擁著的

就跳舞吧

然後在「創造自己」一節中略作說明：

　　詩人每首詩都是一個自創的形式，有些形式易於借境
──比如模倣其形式，借以「發想」，這是初期寫詩人最易
入門的方式，卻不宜隨意發表，尤其模倣得太像的詩，或借
用連詞太多。下舉二例即以〈□□搬運法〉作為「發想」的

起點，因為我們平常可能會寫成「人體的移動方式」，而少有「搬運」二字，通常此二字多用於沒有生命氣息之物，如搬運磚塊、搬運木頭、搬運貨物、搬運行李、搬運屍體等等，而不會說搬運旅客、搬運學生。

因此特殊的動詞，如「搬運」二字，常能使不可「搬運」之事物擴張、延展。新的「發想」即可藉此動詞開始，餘如「隱藏」（見隱地〈七種隱藏〉一詩）二字亦然。

請在〈□□搬運法〉的前兩字空格填入想「搬運」的事物或情感（如落葉、灰塵、陽光、月光、念頭、夢、美、寂寞……）等，加以揮灑，先按〈人體搬運法〉相似的形式，完成後再設法跳脫，請寫作一首約十行至二十餘行左右的短詩。如後舉二例，先像隱地，再設法與之不同（如末段）；若太相像者，僅作為練習，不宜冒然發表。

底下即是筆者所作二示例（其寫作檔案此處略）：

示例I：〈念的搬運法〉

用簡訊
用電話
用窗
用月光

從這個想搬到那個想

腳邊搬到手邊枕邊
最後又搬入夢裡
搬運念的運動
人們稱為相思

走著搬
坐著搬
張眼搬
閉眼搬

搬到埋掉時間的紙田裡
搬到存放遺憾的大海
搬至另一個人打開電腦的意外中
念說：隨他去

躲在詩中的
可以讓你猜
流入大海的
可以推高歲月的浪花
躺上臉之沙灘的
可以游漣出皺痕
殘留腦殼下的
就點點點
粘成一個如火之影吧

示例II：〈落葉搬運法〉

用太陽之烘烤
用閃電的機率
用雨吹
用風打

從樹巔搬到樹底
湖邊搬到河面海裡
最後又搬上沙灘
搬運落葉的運動
人們稱為凋零

旋著搬
掉著搬
游著搬
碎裂著搬

搬到書頁間紀念愛情的地方
搬到去肉留下葉脈的腐蝕液中
搬至另一個人拆信突然掉出的意外中
落葉說：讓他自己走

坐在風上的

可以用眼追他
流入大雨大水中的
以福祝他
碎上沙灘的
請在浪花的手裡安睡
傲倖送到你十指間的
就印上你死之唇印吧

❀ 檔案2

（先將檔案1示例II的末兩句拉入，並改了兩個字）
這個瓶子不是地球嗎
大海是宇宙

千萬瓶中的一瓶
傲倖**亮**在你十指間的
就印上你**生**之唇印吧

❀ 檔案3

（再將檔案I末三句拉入）
殘留腦殼下

點點點粘出

一個如火之影吧

這個瓶子不是地球嗎

大海是宇宙

千萬瓶中的一瓶

傲倖亮在你十指間的

就印上你生之唇印吧

✸ 檔案4

瓶子的命運屬於瓶子

殘留腦殼下

點點點 粘出

一個如火之影

這個瓶子不是地球嗎

大海是宇宙

千萬瓶中的一瓶

傲倖亮在你十指間的

就印上你生之唇印吧

※ 檔案5

瓶子的命運
屬於瓶子還是海
聽過一海之怒吼後的
一首詩還是詩嗎
殘留腦殼下
點點點　粘出
一個如火之影

這個瓶子不是地球嗎
大海是宇宙

千萬瓶中的一瓶
傲倖亮在你十指間的
就印上你生之唇印吧

※ 檔案6

瓶子的命運
屬於瓶子還是海？
聽過一海之怒吼後的
一首詩還是詩嗎？

瓶子是地球，大海是宇宙

殘留腦殼下點點點　粘出

一個如火之影

千萬瓶中的一瓶

傲倖亮在你十指間的

就印上你生之唇印吧

✺ 檔案7

瓶子的命運屬於瓶子還是海？

聽過一海之怒吼後的

一首詩還是詩嗎？

瓶子是地球，大海是宇宙

你是我殘留腦殼下點點點

終究揮之不去的一個如火之影

千萬瓶中的一瓶

傲倖亮在你十指間的

就印上你生之唇印吧

❋ 檔案8

瓶子的命運屬於瓶子還是海？
聽過一海之怒吼後的
一首詩還是詩嗎？
與詩與瓶共存的，是我最終一口氣

而瓶子是地球，大海是宇宙
打開要小心，那是腦殼下點點點
終究揮之不去**殘留**的一個如火之影
千萬瓶中的一瓶
傲倖亮在你十指間的
就印上你生之唇印吧

❋ 檔案9

瓶子的命運屬於瓶子還是海？
聽過一海之怒吼後的一首詩還是詩嗎？
與詩與瓶共存的，是我最終一口氣

而瓶子是地球，**茫茫**大海是宇宙
打開要小心，那是腦殼下點點點
臨去殘存的一個如火之影

千萬瓶中的一瓶
傲倖亮在你十指間的
就印上你生之唇印吧

❀ 檔案10

（加副標題）
——1949那年迄今尚未到達的一支瓶中詩

（末句）
就印上你生之唇印吧，**母親**

❀ 檔案11

（改副標題及分段）
——擬1949年澎湖713事件流亡學生被投海前的瓶中詩

瓶子的命運屬於瓶子還是海？
聽過一海之怒吼後的一首詩還是詩嗎？

瓶內與詩共存的，是我最終一口氣
而瓶子是我是念是地球，茫茫大海是宇宙

打開要小心，那是腦殼下點點點
臨去殘存的一個如火之影

千萬瓶中的一瓶
傲倖亮在你十指間的
就印上你生之唇印吧，母親

檔案12

（改末段）
幾億瓶中的一瓶
傲倖亮在你十指間的
母親，請為我印上您——生之唇印吧

秭歸的老船長

自疏濯淖汙泥之中，蟬蛻於濁穢，以浮游塵埃之外，不獲世之滋垢，皭然泥而不滓者也。推此志也，雖與日月爭光可也。

———史記屈原列傳

眼前這條長江
就是全世界最大最長的龍舟
而你，是最老又最年輕的船長
從你自秭歸跳上龍舟後
全世界大小江河每一艘龍舟
就自動站著　衣裾飄飄著
一位　屈原

筆就是你最厲害的鼓錘
你執起，揮下
整片雲夢大澤就是你猛捶狠捶的戰鼓
兩千多年凡划過、看過、加油過
為龍舟競渡吶喊過的所有百姓

都自動坐這龍舟上
哪一位不想坐長江這龍舟上？

以你三閭大夫啊，以你為首
用力划，拿木槳、拿鏟子、拿筆、拿手
用力划，把全世界這條最大最長的龍舟
划出三峽、划下宜昌、經洞庭、過鄱陽
划進黃海、划進太平洋
划進你「雖與日月爭光可也」的楚辭裡

太平洋摺疊來摺疊去多少波濤
你的離騷你的九歌你的漁父你的天問
就摺疊來摺疊去多少皺褶
長長這條龍舟上的黎民百姓
就顛顛簸簸、被摺進歷史的多少皺褶裡

而你，三閭大夫，你是中國皺褶感最強烈的船長
你抽出你的血絲髮絲繫我們的臂，當長命縷
你撕下你的皮膚衣裳繫我們的槳，當菖蒲劍
你指揮的這全世界最長的龍舟，必然要開始
槳　影　飛　波，鳴　雷　劈　浪
三閭大夫，我們緊緊追隨著你
如雲追隨著風，去一一撫平
你的　天問！如風追隨著雲去一一撫平
我們的　天問！

〈秭歸的老船長〉

檔案

✳ 檔案1（前稿已遺失）

眼前這條長江
就是全世界最大最長的龍舟
而你，是最年輕又最古老的船長
從秭歸跳上龍舟後就再也不回頭

筆，拿起是你的指揮棒、揮下是你的鼓捶
整片雲夢大澤是你猛捶狠捶的戰鼓
兩千多年凡是划過、看過、加油過
為龍舟競渡吶喊過的所有百姓
都坐在這條龍舟上
哪一位不想坐在這條龍舟上？

以你啊，三閭大夫，以你為首
用力划，拿木槳、拿鋤頭、拿鏟子、拿筆、拿手
用力划，把全世界這條最大最長的龍舟
出三峽、下宜昌、經洞庭、過鄱陽
划進黃海、划進太平洋
划進你「雖與日月爭光可也」的楚辭裡

太平洋有多少浪濤起伏的皺褶
你的楚辭你的離騷你的九歌你的天問
就有多少波浪起伏的皺褶

坐進全世界最大最長這條龍舟上的老百姓
就遭遇過多少暗潮洶湧的波濤和皺褶

而你，三閭大夫
你抽出你的血絲和髮絲繫我們的臂，當長命縷
你撕下你的衣裳和皮膚繫我們的槳，當菖蒲劍
這條全世界最大最長的龍舟，因此，必然
槳影飛波，鳴雷劈浪
我們緊緊追隨著你
最古老又最年輕的船長啊，如雲追隨著風
去——撫平你的天問
我們的　天問

✨ 檔案2

（第二段起）
筆就是你的鼓捶，你執起筆，揮下
整片雲夢大澤就是你猛捶狠捶的戰鼓
兩千多年凡划過、看過、加油過
為龍舟競渡吶喊過的所有百姓
都坐這龍舟上
哪一位不想坐長江這龍舟上？

以你三閭大夫啊，以你為首
用力划，拿木槳、拿鏟子、拿筆、拿手
用力划，把全世界這條最大最長的龍舟
划出三峽、划下宜昌、經洞庭、過鄱陽
划進黃海、划進太平洋
划進你「雖與日月爭光可也」的楚辭裡

太平洋摺疊來摺疊去多少波濤
你的離騷你的九歌你的漁父你的天問
就摺疊來摺疊去多少皺褶
長長這條龍舟上的黎民百姓
就顛顛簸簸、被摺進歷史的多少皺褶裡

而你，三閭大夫，**你是中國皺褶感最強的船長**
你抽出你的血絲髮絲繫我們的臂，當長命縷
你撕下你的皮膚衣裳繫我們的槳，當菖蒲劍
你指揮的這全世界最長的龍舟，必然要開始
槳　影　飛　波，鳴　雷　劈　浪
三閭大夫我們緊緊追隨著你
如雲追隨著風去一一撫平
你的　天問！如風追隨著雲去一一撫平
我們的　天問！

※ 檔案3

（檔案1第一段及第二段前半）
眼前這條長江
就是全世界最大最長的龍舟
而你，是最老又最年輕的船長
從你自秭歸跳上龍舟後
全世界大小江河每一艘龍舟
就自動站著　衣裾飄飄著
一位　屈原

筆就是你最厲害的鼓錘
你執起筆，揮下
整片雲夢大澤就是你猛捶狠捶的戰鼓

（檔案2末段第一行）
而你，三閭大夫，你是中國皺褶感**最強烈的船長**
你抽出你的血絲髮絲繫我們的臂，當長命縷
你撕下你的皮膚衣裳繫我們的槳，當菖蒲劍

※ 檔案4

（檔案1第二段第二行）
筆就是你最厲害的鼓錘
你執起，揮下
整片雲夢大澤就是你猛捶狠捶的戰鼓

（檔案1第四段第三行）
太平洋摺疊來摺疊去多少波濤
你的離騷你的九歌你的漁父你的天問
就**摺疊去摺疊來**多少皺褶

河與茶

1.河

河面駛來陽光
河岸搖動著柳蔭
陽光上岸來
為柳蔭梳髮

永動的河
繼續扭動身軀
鑽向未來

2.茶

杯內的　吐盡一生
杯外的　還綣握著日月精華
苦澀永遠屬於老去的肉身

但沒有一片葉子天生是茶
直到──

得水釋放
直到自己活得比別人長

〈河〉與〈茶〉

檔案

☀ 檔案1

　　此二詩的發想來自先前筆者於〈利用轉化擬人法以隱指人生〉一文（見蕭蕭、羅文玲主編《悅讀隱地‧創造自己》（爾雅，2011）一書）中，引用隱地詩作〈仰望天空的樹〉（見詩集《生命曠野》（爾雅，2000），頁110-111）所作的兩篇示例。因與原作面貌及題材迥異，故視為創作。隱地原作為：

〈仰望天空的樹〉　隱地

樹前跑著青春
樹後坐著光陰
青春為光陰吞蝕

孤寂老樹
繼續守著大地
仰望天空

然後在「創造自己」一節中略作說明：

　　隱地此詩先分「前」與「後」寫「樹的局部」（首段），再放大寫「樹的整體感受」（後段），先景後情，先具體再抽象，先知覺再感受。因此可以將所要紓發的情感（如青春為光陰吞蝕）找出來，再以具體事物分兩次局部

（樹前／樹後）、再一次整體（孤寂老樹）描寫之。也可先列出具體事物，將之分「上下」或「左右」或「前後」或「內外」等方式，兩次局部描述其不同特性，再使之「互動」或「聯結」，末了則寫整體感受。

　　請按上段所述，可先從具體事物出發，如以「河」、「茶」、「窗」、「門」、「船」等為題，先分「上下」、「左右」、「前後」、「內外」等方式，首段分兩句兩次局部寫其對比或不同處，第三句比較其關係；末段則寫此關係延伸出的整體感受。大概按此形式，創作一首六至八行的小詩。

　　底下即是筆者所作二示例的接近完稿部份（其餘寫作檔案已遺失）：

〈河〉

河面上駛來陽光
河岸後搖著柳蔭
陽光為柳蔭梳髮

永動的河
繼續扭動身軀
鑽向未來

〈茶〉

杯內的吐盡一生
杯外的**還飽含**日月精華

苦澀永遠屬於老去的肉身
但沒有一片葉子天生是茶
直到自己活得比別人長

※ **檔案2**

（改檔案1〈河〉的第一段）
河面駛來陽光
河岸搖動著柳蔭
陽光上岸來
為柳蔭梳髮

※ **檔案3**

（改檔案1〈茶〉的分段及兩段字句、分行）
杯內的 吐盡一生
杯外的 **還緊握著**日月精華

苦澀永遠屬於老去的肉身

但沒有一片葉子天生是茶
直到——
得水釋放
直到自己活得比別人長

高山青

——鄧禹平作詞、張徹作曲，1949年電影 《阿里山風雲》主題曲

有誰能跟這首歌賽跑呢
全世界唱它的地方自動長出一座山

回到原鄉　這首歌開始表演裸奔
陽光正協尋　黑林裡到處是光之袖子

關於歌的故事永遠是一團霧
小心　前頭迎面撞來的是——汽笛

明日坐上小火車　嘴裡吐著花
將整座山又載遠的　一定是　你

註：為「阿里山詩道」而作

〈高山青〉

檔案

2012年4月間因明道大學與彰化師大為籌劃「阿里山詩道」，向詩人徵八行詩稿。當時明道大學中文系羅文玲主任好心以iphone傳來阿里山櫻花盛放風景照供參考，回信感謝時因信手寫了底下數句：

文玲主任：

收到寄下的阿里山
簪滿了美和夢的地方
近看繁華，遠看則一片蒼茫
感謝
祝福

白靈

突覺可以寫成詩，遂用約一小時完成初稿

❀ 檔案1

簪滿了美和夢的地方
近看繁華，遠看則一片蒼茫
故事用火車載來，載去

❋ 檔案2

簪滿了美和夢的地方
近看繁華，遠看則一片蒼茫
昨日的故事隨雲載去用火車載來

❋ 檔案3

簪滿了美和夢的地方
近看繁華，遠看則一片蒼茫
昨日的故事隨雲**載遠**
明日會坐小火車載來

❋ 檔案4

只有金亮的歌聲
可以震動這裡的花瓣、葉，簪滿了美和夢的地方
近看繁華，遠看一片蒼茫
故事隨昨日雲載遠
明日還會坐小火車
跳到你眼前來

※ 檔案5

只有金亮的歌聲
可以震動**這簪滿了美**
和夢的地方
花瓣、葉尖、樹、
和地衣
近看繁華，遠看一片蒼茫
故事隨昨日雲載遠
明日還會坐小火車
跳到你眼前來

※ 檔案6

只有金亮的歌聲
可以震動這簪滿了美
和夢的地方
花瓣、葉尖、樹、和地衣
將落滿你的胸膛
近看繁華，遠看一片蒼茫
故事**隨白雲將昨日載遠**
明天還會坐小火車
跳到你眼前來

✳ 檔案7

（末三句）
故事隨白雲將昨天**載來**
明日還會**坐上**小火車
將你載得遠遠的……

✳ 檔案8

只有金亮的歌聲可以震動
這簝滿了**夢的地方**
花瓣、葉尖、樹、和地衣
落滿你的胸膛
近看繁華，遠看一片蒼茫
故事**撞上白雲變成一場霧**
明日坐**上**小火車
將整座山載遠的，是你

✳ 檔案9

（分四段）
只有金亮的歌聲可以震動

這簪滿了夢的地方

花瓣、葉尖、樹、和地衣
落滿你的胸膛

近看繁華，遠看一片蒼茫
故事撞上白雲**變成一場霧**

明日坐著小火車
將整座山載遠的，是你

※ 檔案10

只有**陽光的歌聲**　可以震動
這簪滿了夢的地方

花瓣　葉尖　樹　和地衣
插滿你的胸膛

近看繁華　遠看一片蒼茫
把故事撞成霧的　是白雲

明日坐著小火車

將整座山載遠**的　是你**

（本來兩個「你」似不合理，原寫遊客，末了前一個
反而成了阿里山。後來將之看成著名的「歌」，兩個
「你」就有了更好的涵義。）

🌼 檔案11

只有陽光的歌聲　可以震動
這簪滿了夢的地方
花瓣　葉尖　**巨木**　和地衣
插滿**天空和胸膛**
近看繁華　遠看一片蒼茫

把故事撞成霧的　是白雲
明日坐著小火車
將整座山載遠的　是你

🌼 檔案12

唱這首歌的地方就長出這座山
而誰能跟歌聲賽跑呢

歌聲穿越森林
陽光　穿著　光的袖子

歌是繁華
遠**聽**一片蒼茫

把故事撞成霧的　是白雲
明日坐著小火車
將整座山載遠的　是你

※ 檔案13

誰能跟歌聲賽跑呢
全世界唱這首歌的地方就長出這座山

歌聲溜進森林
陽光**正**穿著　光的袖子

把故事撞成霧的　**是汽笛**
歌聲從你嘴裡吐出花來了

明日坐著小火車
將整座山載遠的　是你

✳ 檔案14

誰能跟**這首歌**賽跑呢
全世界唱**它**的地方就長出這座山

現在這首歌溜進森林了
陽光正穿著　光的袖子

關於歌的故事永遠是一團霧
小心　前面奔來的是汽笛

明日坐著小火車　**嘴裡吐著花**
將整座山載遠的　是你

✳ 檔案15

誰能跟這首歌賽跑呢
全世界唱它的地方就長出一座山

回到原鄉　這首歌開始狂放地裸奔
陽光**正協尋　黑林裡到處是**光之袖子

關於歌的故事永遠是一團霧
小心　前面**迎頭撞**來的是汽笛

明日坐上小火車　嘴裡吐著花
將整座山載遠的　**一定**是　你

※ **檔案16**

有誰能跟這首歌賽跑呢
全世界唱它的地方**自動**長出一座山

回到原鄉　這首歌開始**表演**裸奔
陽光正協尋　黑林裡到處是光之袖子

關於歌的故事永遠是一團霧
小心　前頭迎面撞來的是＿＿**汽笛**

明日坐上小火車　嘴裡吐著花
將整座山又載遠的　一定是　你

✸ 檔案17

（加副標題）
——鄧禹平作詞、張徹作曲，1949年電影《阿里山風
　　雲》主題曲

一瞬之海

再一千匹駱駝
也遮不住生之荒漠

凡走動的肉軀
皆一瞬之海　乘載我們

洶湧過　歲月的　瞳孔

※ 檔案1

一千隻駱駝也

（夢見要準備幫人送幾箱賀禮寄去遠方邊疆，其中有西裝褲、布丁等五、六種，打包時用不太新的兩個皮箱，找了好多繩子來綁，繩又不夠長，不夠漂亮，一個勉強綁好，另一只好用前幾天買的綁報紙的紅繩。後來覺得應在皮箱上寫一句詩，便用毛筆又像硬筆沾白顏料書寫，又是從「沒有一朵雲需要國界」開始想，好像寫了「沒有一隻駱駝需要國界」，之後看到天上在無光害狀況下出現許多流星，每一條線之尾都被人打上x，表達其終點，結果就排出幾十個xx，於是就朝天空想，比如「一千顆流星也遮不住天空」，然後可能因此出現「一隻駱駝也遮不住沙漠」，然後「一千隻駱駝也遮不住沙漠」……，到後來詩快完成前，另一首與天空有關的詩卻忘了，意識也逐漸清醒，這倒是生平第一次清楚記得夢醒前寫下的詩）（夢中的西裝褲有沾到白灰，還曾拼命搓，這似與晚餐時討論要送洗好參加週日婚禮有關。布丁則已被舀過表面，然後又弄不回平整）

（皮箱似與大女兒晚餐時討論收納夏衣的方式有關，禮物又似與要為誰過生日，比如蕭蕭要由某月30日往後移至31日有關，而蘇紹連生日就在30日，過一天再過生日送禮總有些不安吧。實情卻是台灣詩學頒獎午宴的1月7日的會要移至8

日，但迄今又未及通知大家，尤其是蘇，因本訂7日，並早在
一月前就請他通知今年出詩集的六位作者）

2011年12月21日晨5時前想，想到近6時

✳ 檔案2

一千隻駱駝也遮不住
生命的荒漠

✳ 檔案3

一千隻駱駝也遮不住
生之荒漠
每一隻駱駝

✳ 檔案4

一千隻駱駝也遮不住
生之荒漠
每一隻駱駝皆是一瞬之海

✽ 檔案5

一千隻駱駝也遮不住
生之荒漠
每一隻駱駝皆是一瞬之海
載著我穿過
歲月的瞳孔

✽ 檔案6

一千匹駱駝也遮不住生之荒漠
每一匹走動的肉身
皆是一瞬之海
載著我們穿過
歲月的瞳孔

✽ 檔案7

一千匹駱駝
也遮不住生之荒漠
凡走動的肉軀

皆是一瞬之海　載著我們
穿過歲月的瞳孔

❀ 檔案8

一千匹駱駝
也遮不住生之荒漠
凡走動的肉軀
皆一瞬之海　　乘載我們
洶湧過歲月的　瞳孔

❀ 檔案9

（分三段，加第一字）
再一千匹駱駝
也遮不住生之荒漠

凡走動的肉軀
皆一瞬之海　　乘載我們

洶湧過　歲月的　瞳孔

填

連千億座星雲都打不亮
天空的黑暗

實心的　永遠
填　不　滿　空心的

留下的　如何填滿離去的？

〈填〉

檔案

※ 檔案1

一千顆流星也遮不住天空

（因〈一瞬之海〉完成前應還有一首詩，卻想不起了，只得由這句開始，在電腦上開始聯翩想像流星與天空的關係，然後猶記得在夢中天空被打成很多流星劃過後然有人在尾端打上xx的形狀和意義……）如下圖：

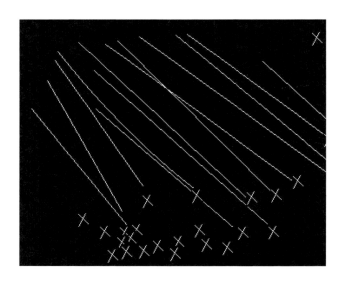

2011年12月21日晨6時餘想，想了約半小時即完成

❋ 檔案2

一千顆流星也遮不住天空的黑暗

❋ 檔案3

千億座星雲流星也遮不住天空的黑暗

❋ 檔案4

千億座星雲
也打不亮天空的黑暗

❋ 檔案5

千億座星雲也打不亮
天空的黑暗
實心的永遠填不滿
空心的

✳ 檔案6

千億座星雲也打不亮
天空的黑暗
實心的永遠
填不滿空心的
留下的如何化妝離去的

✳ 檔案7

千億座星雲也打不亮
天空的黑暗
實心的永遠
填不滿空心的
留下的如何**填滿**離去的

✳ 檔案8

千億座星雲也打不亮
天空的黑暗
實心的　　永遠
填不滿空心的

留下的　如何填滿離去的？

❀ 檔案9

（分三段）
連千億座星雲**都**打不亮
天空的黑暗

實心的　永遠
填　不　滿　空心的

留下的　如何填滿離去的？

澎湖四題（五行詩）

1.二崁阿嬤的褒歌

風送雲給山作褒歌
海送浪給岸當褒歌
簷瓦送青苔給日月
眼送淚給門前的池水，你的褒歌
是你口中吐出的浪、雲、和青苔

2.澎湖也不知道的澎湖

浮在海面上的吉貝沙尾不等於
潛在海面下的吉貝沙尾
排在浪蕾絲上的整列玄武岩不等於
藏在玄武岩後玄武岩下更原初的玄武岩
連澎湖也不知道的澎湖，亦如：你不等於你

3.七美人樹
　　——七美島有七美人塚，乃明嘉靖年間（1522年—

1566年）為紀念因逃避倭寇追趕而投井自盡的七
名女子所立之塚，此後井長出七株香楸樹，迄今
終年長青。

四百年的將相士卒皆已粉身
走成澎湖的一小撮沙灘
群島之風風雨雨不如眼前七女子
鮮綠的芳魂史。死，走出生
三朝帝王沒有百姓的一縷香真實

4.雙心石滬
　　——1937年顏恭在七美打造

「你看雌心還是雄心厲害？」
僥倖逃過雙重陷阱的魚兒搖搖尾巴說

「心在哪裡？」游不進去的鯊魚說

天地間唯人始能築出的乾坤雙心袋
萬千遊客游過此，卻不辨雌也不辨雄

2011年7月

滅
——河南所見

一整個朝代開始跳進土裡
從倒插的旗幟，到倒飛的瓦
從跪倒的石柱，到液化的劍
猶有果子般，滾滿大地之頭顱

一夕間
幾百座城池
都被風　吹成
灰

沒有什麼不會腐朽
除了腐朽此一事實
連晚霞都大踏步前來
坐垮　最後嚥氣的那張
龍椅

狂風邀來漫天黃土
吹平所有的不平——

一根白骨食指突然伸出土，喊：

　　「有！」

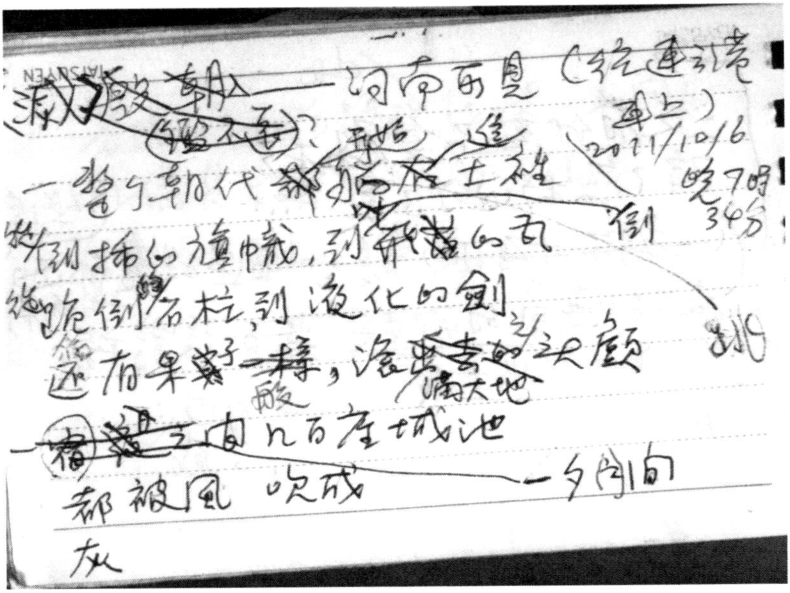

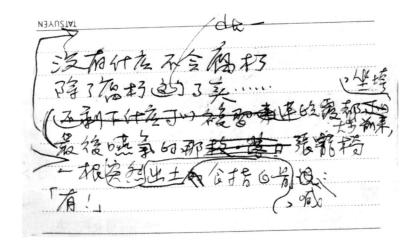

指頭練習曲

這回不用掌，改以食指
低空飛掠你　膚上的毛

沒有比眼前更遼遠更
眩奇的草坡了
一隻燕正以牠的剪翅
碰撫無盡青嫩的草
以及嫩草尖上的露珠
紛紛滾落的是　嘆息

誰能比這大地的絨毛
舉高的寂寞更纖細的呢

指翼不必著陸
即可轉彎輕巧
抵達先進的滑翔翼
也不能抵達
的鼻之尖塔，肩之懸崖
乳之珠峰，腿之淵藪

風從來不著陸
燕子說。但就此開始迷路

草坡起伏，翻起身
學著站立
海一樣滾盪地豎起
從八面四方朝那隻剪燕
不，海鷗，光一樣飛過的指頭
吞噬過去

2009年1月

本生燈
——把天下的池塘都連起來

一座池塘與一台實驗桌並無不同。池塘正燃著夏天一支支的荷，本生燈則為所欲為要燒遍天下的物質，而且翻臉如翻書。一個冒著無名火，慢慢燒光夏天，一個張口就要物理好看、張眼要讓化學變臉。一個用鬚用根通向土裡看不見元素的沼氣，一個用管子連著自己也算計不出危險的瓦斯。

荷於是與本生燈也就有了不可告人的瓜葛，土裡長出的本生燈上頭，擺的是雲的燒瓶、雨的蒸發皿；實驗桌上立著的荷生長的，究竟是有機的蓮蓬？還是連通下頭有毒的藕？無人明白，那中間往往只有一個官能基的變革，像扳一個指頭那麼容易。

本生燈其實是無辜的，它可以燒出一座池塘的荷，紅的、紫的、白的、黑的、藍的火。而每一座池塘都是土地的實驗桌，長出的本生燈像一株株童真的人心，它們的根和元素，在地底是相連相通的。本生燈的本生二字因此再也不是19世紀德國化學家的名字，把天下池塘都連起來，就明白有多少本生燈正在燃亮地球。

〈本生燈〉

檔案

❀ 檔案1

　　實驗桌上可以為所欲為的本生燈，與一支正燃燒著夏天的荷，為什麼沒有瓜葛？一個用管子連著瓦斯，一個用鬚用根通向土裡看不具的沼氣，一個冒著火焰很想燒到反正一座池塘與一臺實驗桌也並無不同

❀ 檔案2

　　一座池塘與**一臺實驗桌並無不同**，一支正燃著夏天的荷，也因此與可以為所欲為的本生燈，也就有了不可告人的瓜葛，一個用鬚用根通向土裡看不見元素的沼氣，一個用管子連著極具危險的瓦斯，一個冒著火焰很想燒掉夏天，**一個物理或化學**

❀ 檔案3

　　一座池塘與一臺實驗桌並無不同，一支正燃著夏天的荷，也因此與可以為所欲為的本生燈，也就有了不可告人的瓜葛，一個用鬚用根通向土裡看不見元素的沼氣，一個用管子連著極具危險的瓦斯，一個冒著**無名火**很想燒掉夏天，一

個張口就要物理好看或張眼要讓化學變臉。

※ 檔案4

　　一座池塘與一臺實驗桌並無不同，池塘正燃著夏天一支支的荷，也因此與可以為所欲為的本生燈，也就有了不可告人的瓜葛，一個用鬚用根通向土裡看不見元素的沼氣，一個用管子連著極具危險的瓦斯，一個冒著無名火很想燒掉夏天，一個張口就要物理好看、張眼要讓化學變臉。

　　然而無人明白本生燈上頭擺的究竟是燒瓶、或蒸發皿，是有機液還是無機的金屬，有毒還是無害，中間往往只差一個官能基，萬物心上皆是一座池塘，而人心上置的就是實驗桌，本生燈燃燒著，冒著無人可

※ 檔案5

　　一座池塘與一臺實驗桌並無不同，池塘正燃著夏天一支支的荷，本生燈則為所欲為燒灼天下的物質，翻臉如翻書。一個冒著無名火，慢慢燒光夏天，一個張口就要物理好看、張眼要讓化學變臉。一個用鬚用根通向土裡看不見元素的沼氣，一個用管子連著自己也算計不出危險的瓦斯。

荷於是與本生燈也就有了不可告人的瓜葛，土裡長出的
本生燈上頭，擺的是雲的燒瓶、雨的蒸發皿，實驗桌上的荷
是生長的究竟有機的蓮蓬還是有毒還是連通水管下是有毒的
藕？中間往往只有一個官能基的變革。

萬物心上皆是一座池塘，而人心上置的就是實驗桌，本
生燈燃燒著，冒著無人可

※ 檔案6

（改二、三段）

荷於是與本生燈也就有了不可告人的瓜葛，土裡長出的
本生燈上頭，擺的是雲的燒瓶、雨的蒸發皿，實驗桌上的荷
生長的究竟是有機的蓮蓬還是連通下頭有毒的藕？中間往往
只有一個官能基的變革。**像扳一個指頭那麼容易的人心。**

**本生燈可以燒出一座池塘的荷，紅的、紫的、白的、黑的
花。而每一座池塘就是實驗桌，長出的本生燈，燃亮了地球。**

※ 檔案7

一座池塘與一台實驗桌並無不同，池塘正燃著夏天一
支支的荷，本生燈則為所欲為燒灼**著**天下的物質，翻臉如翻
書。一個冒著無名火，慢慢燒光夏天，一個張口就要物理好

看、張眼要讓化學變臉。一個用鬚用根通向土裡看不見元素的沼氣，一個用管子連著自己也算計不出危險的瓦斯。

荷於是與本生燈也就有了不可告人的瓜葛，土裡長出的本生燈上頭，擺的是雲的燒瓶、雨的蒸發皿，實驗桌上的荷生長的，究竟是有機的蓮蓬？還是連通下頭有毒的藕？無人明白，那中間往往只有一個官能基的變革。**像扳一個指頭那麼容易。**

本生燈可以燒出一座池塘的荷，紅的、紫的、白的、黑的花。而每一座池塘都是**土地的**實驗桌，長出的本生燈**像一株株的人心，它們的根和元素，在地底是相連相通的。本生燈再也不是19世紀德國化學家的名字**，燃亮了地球。

✺ 檔案8

（改末段）

本生燈可以燒出一座池塘的荷，紅的、紫的、白的、黑的花。而每一座池塘都是土地的實驗桌，長出的本生燈像一株株的人心，它們的根和元素，在地底是相連相通的。本生燈的本生二字因此再也不是19世紀德國化學家的名字，**把天下池塘都連起來，就明白有多少本生燈正在燃亮地球。**

☀ 檔案9

（加次標題及改字句）
——把天下的池塘都連起來

一座池塘與一台實驗桌並無不同。池塘正燃著夏天一支支的荷，本生燈則為所欲為**要燒遍**天下的物質，**而且**翻臉如翻書。一個冒著無名火，慢慢燒光夏天，一個張口就要物理好看、張眼要讓化學變臉。一個鬚用根通向土裡看不見元素的沼氣，一個用管子連著自己也算計不出危險的瓦斯。

荷於是與本生燈也就有了不可告人的瓜葛，土裡長出的本生燈上頭，擺的是雲的燒瓶、雨的蒸發皿；實驗桌上**立著的**荷生長的，究竟是有機的蓮蓬？還是連通下頭有毒的藕？無人明白，那中間往往只有一個官能基的變革，像扳一個指頭那麼容易。

本生燈**其實是無辜的，它**可以燒出一座池塘的荷，紅的、紫的、白的、黑的心生**花**。而每一座池塘都是土地的實驗桌，長出的本生燈像一株株的人心，它們的根和元素，在地底是相連相通的。本生燈的本生二字因此再也不是19世紀德國化學家的名字，把天下池塘都連起來，就明白有多少本生燈正在燃亮地球。

❋ 檔案10

（改末段）

本生燈其實是無辜的，它可以燒出一座池塘的荷，紅的、紫的、白的、黑的、**藍的火**。而每一座池塘都是土地的實驗桌，長出的本生燈像一株株**童真**的人心，它們的根和元素，在地底是相連相通的。本生燈的本生二字因此再也不是19世紀德國化學家的名字，把天下池塘都連起來，就明白有多少本生燈正在燃亮地球。

石油
——嘲笑科技最有力的黑話

　　四十年前一桶美金兩元，現在一百五，兩億年或六千萬年前的生物不會知道自己的皮或骨可以這麼激情，那裡頭有黑油裡也蒸餾不出的高等生物。可以肯定的一點是，地球天翻地覆了幾千萬遍，沒有電腦計算得出來，說不定石油裡溶解過數億部量子電腦也無人敢吭氣說沒有。這世上，能嘲笑科技最有力的黑話，莫過於石油了。

　　地球最神秘的資訊就在一桶桶的石油裡，我們卻用價格捲成一根煙將它吸光抽盡，用輕油裂解廠、脫氫法、斷鏈、蒸餾、內燃、聚合、拋棄。全然地無知，竟也能對它上下其手，而且將其糟粕渾名叫瀝青的噴灑在馬路上，用車轍腳痕鞋印千踩萬踏讓它暫時貼成地球的臉皮，只有女人的高跟鞋還有一點點良心，叩叩叩叩，像是千萬隻恐龍還是怪獸哀怨地對地球敲門，比起引擎卜卜卜的放屁聲爾雅多了。

　　石頭之油，升起升起科技無能這面旗幟的一朵朵黑雲。

〈石油〉

檔案

☀ 檔案1

四十年前一桶美金兩元,現在一百五。

☀ 檔案2

四十年前一桶美金兩元,現在一百五,兩億年或六千萬年前的生物不會知道自己的皮或骨有這麼昂貴,那裡頭有無高等生物也無法從油裡蒸餾出來。

☀ 檔案3

四十年前一桶美金兩元,現在一百五,兩億年或六千萬年前的生物不會知道自己的皮或骨有這麼昂貴,那裡頭有無高等生物也無法從油裡蒸餾出來,可以肯定的一點是,地球天翻地覆了幾遍,沒有電腦計算得出來,說不定石油裡溶解過數億部量子電腦也無人敢吭氣說沒有。

總而言之。

☀ 檔案4

四十年前一桶美金兩元,現在一百五,兩億年或六千萬

年前的生物不會知道自己的皮或骨有這麼昂貴，那裡頭有無高等生物也無法從油裡蒸餾出來，可以肯定的一點是，地球天翻地覆了幾遍，沒有電腦計算得出來，說不定石油裡溶解過數億部量子電腦也無人敢吭氣說沒有。

　　總而言之，地球最神秘的資訊就在一桶桶的石油裡，我們卻用輕油裂解、脫氫、斷鏈、蒸餾，對它上下其手，而且將其糟粕渾名叫瀝青的噴灑在馬路上用車轍腳痕鞋印千踩萬踏讓它無聲無息。

　　✵ 檔案5

　　四十年前一桶美金兩元，現在一百五，兩億年或六千萬年前的生物不會知道自己的皮或骨有這麼昂貴，那裡頭有無高等生物也無法從油裡蒸餾出來，可以肯定的一點是，地球天翻地覆了幾千遍，沒有電腦計算得出來，說不定石油裡溶解過數億部量子電腦也無人敢吭氣說沒有。

　　總而言之，地球最神秘的資訊就在一桶桶的石油裡，我們價格表將它消耗用輕油裂解廠、脫氫法、斷鏈、蒸餾，對它上下其手，而且將其糟粕渾名叫瀝青的噴灑在馬路上，用車轍腳痕鞋印千踩萬踏讓它從此由地球消失，

※ 檔案6

　　四十年前一桶美金兩元，現在一百五，兩億年或六千萬年前的生物不會知道自己的皮或骨可以這麼昂貴，那裡頭有無高等生物也無法從油裡蒸餾出來，可以肯定的一點是，地球天翻地覆了幾千遍，沒有電腦計算得出來，說不定石油裡溶解過數億部量子電腦也無人敢吭氣說沒有。

　　總而言之，地球最神秘的資訊就在一桶桶的石油裡，我們價格表將它消耗用輕油裂解廠、脫氫法、斷鏈、蒸餾，對它上下其手，而且將其糟粕渾名叫瀝青的噴灑在馬路上，用車轍腳痕鞋印千踩萬踏讓它從此由地球消失，只有女人的高跟鞋還有一點良心叩叩叩，像是千萬隻恐龍還是怪獸哀怨地對地球敲門，比起引擎卜卜卜的放屁聲有良心多了。

※ 檔案7

（改第一段）

　　四十年前一桶美金兩元，現在一百五，兩億年或六千萬年前的生物不會知道自己的皮或骨可以這麼激昂，那裡頭有無高等生物也無法從黑油裡蒸餾出來，可以肯定的一點是，地球天翻地覆了幾千萬遍，沒有電腦計算得出來，說不定石油裡溶解過數億部量子電腦也無人敢吭氣說沒有。**石油是嘲笑科技最有力的黑話。**

✹ 檔案8

（改第二段）

　　地球最神秘的資訊就在一桶桶的石油裡，我們卻用價格將它抽光耗盡，用輕油裂解廠、脫氫法、斷鏈、蒸餾、內燃、聚合、丟棄，對它上下其手，而且將其糟粕渾名叫瀝青的噴灑在馬路上，用車轍腳痕鞋印千踩萬踏讓它暫時貼成地球的臉皮，只有女人的高跟鞋還有一點良心叩叩叩，像是千萬隻恐龍還是怪獸哀怨地對地球敲門，比起引擎卜卜卜的放屁聲有良心多了。石油是<u>證</u>明科技最無能的一朵朵黑雲。

✹ 檔案9

（改第一段）

　　四十年前一桶美金兩元，現在一百五，兩億年或六千萬年前的生物不會知道自己的皮或骨可以這麼激情，**<u>那裡頭有無高等生物也無法從黑油裡蒸餾出來</u>**，可以肯定的一點是，地球天翻地覆了幾千萬遍，沒有電腦計算得出來，說不定石油裡溶解過數億部量子電腦也無人敢吭氣說沒有。**<u>這世上，能嘲笑科技最有力的黑話，莫過於石油了。</u>**

❋ 檔案10

（加次標題，分三段）
　　——嘲笑科技最有力的黑話

　　四十年前一桶美金兩元，現在一百五，兩億年或六千萬年前的生物不會知道自己的皮或骨可以這麼激情，那裡頭有無高等生物也無法從黑油裡蒸餾出來，可以肯定的一點是，地球天翻地覆了幾千萬遍，沒有電腦計算得出來，說不定石油裡溶解過數億部量子電腦也無人敢吭氣說沒有。**石油是嘲笑科技最有力的黑話。**

　　地球最神秘的資訊就在一桶桶的石油裡，我們卻用價格將它抽光耗盡，用輕油裂解廠、脫氫法、斷鏈、蒸餾、內燃、聚合、丟棄，對它上下其手，而且將其糟粕渾名叫瀝青的噴灑在馬路上，用車轍腳痕鞋印千踩萬踏讓它暫時貼成地球的臉皮，只有女人的高跟鞋還有一點點良心，叩叩叩叩，像是千萬隻恐龍還是怪獸哀怨地對地球敲門，**比起引擎卜卜卜的放屁聲好聽多了。**

　　石頭之油，證明科技無能的一朵朵黑雲。

鈉

　　我是鹹的，我在每一顆鹽裡，我是滑溜的，我在每一絲肥皂裡，我是爽口的，我在每一滴運動飲料裡，我在硝石中，我在蘇打裡，我進入你的血液及細胞，協助你神經、心臟、肌肉的調節運作，我的存在或多寡左右著你，無精打采？思考遲鈍？抽搐、神志不清？昏迷甚至死亡？那的確是我，但那都不是我，少一點才是，或多一點才是，我與大多數元素都合作愉快，但我必須出神或游離，我必須變身才能無所不在，我必須不是我，我才能進入一切之中。

　　其實我是質地軟柔的金屬，用普通餐刀就可以切割，銀白色，輕、蠟狀，極具伸展性，但世上除了極少數的化學家，有誰看過真正的我呢？當被人以鉗子從煤油中夾出來，沒人知道我很活潑，在空氣中劈里叭啦，快速燃燒，發出黃色火焰；和水才觸碰即起爆炸反應，產生高溫，熔自己成一個銀白色圓球在水面高速移動，並不斷釋放氫氣！這一切早就被破解，寫入方程式中，卻依舊是使我驚訝的旅程，此時，我不知我在我之中，還是我在我之外。

〈鈉〉

檔案

✿ 檔案1

　　我在每一顆鹽裡，我在少一點才是我，或多一點才是我，我不是我，我又是我。

✿ 檔案2

　　我是鹹的，我在每一顆鹽裡，我是滑溜的，我在每一絲肥皂裡，我是爽口的，我在每一滴運動飲料裡，在我在少一點才是我，或多一點才是我，我不是我，我又是我。

✿ 檔案3

　　我是鹹的，我在每一顆鹽裡，我是滑溜的，我在每一絲肥皂裡，我是爽口的，我在每一滴運動飲料裡，我在硝石中，我在大蘇打裡，但那都不是我，少一點才是我又是我我在我在我，或多一點才是我。

✿ 檔案4

　　我是鹹的，我在每一顆鹽裡，我是滑溜的，我在每一

絲肥皂裡，我是爽口的，我在每一滴運動飲料裡，我在硝石中，我在大蘇打裡，但那都不是我，少一點才是，或多一點才是，其實我是金屬，質地軟，用普通餐刀就可以切割，銀白色，輕、蠟狀，極有伸展性，但世上除了極少數的化學家，有誰看過我呢，我既不是我，我又是我我在我在我。

🔆 檔案5

　　我是鹹的，我在每一顆鹽裡，我是滑溜的，我在每一絲肥皂裡，我是爽口的，我在每一滴運動飲料裡，我在硝石中，我在大蘇打裡，但那都不是我，少一點才是，或多一點才是，其實我是金屬，質地軟，用普通餐刀就可以切割，銀白色，輕、蠟狀，極有伸展性，但世上除了極少數的化學家，有誰看過我呢，當被人以鉗子從煤油中夾出來，沒人知道我很活潑，在空氣中劈里叭啦，燃燒發出黃色火焰，和水起爆炸反應（產生高溫使自己熔成一個銀白色的圓球在水面高速移動，並不斷釋放氫），生成氫氧化鈉（鹼性溶液）我既不是我，我又是我我在我在我。

🔆 檔案6

　　我是鹹的，我在每一顆鹽裡，我是滑溜的，我在每一

絲肥皂裡，我是爽口的，我在每一滴運動飲料裡，我在硝石中，我在大蘇打裡，但那都不是我，少一點才是，或多一點才是，其實我是質地軟柔的金屬，但沒人敢用手摸，用普通餐刀就可以切割，銀白色，輕、蠟狀，極有伸展性，但世上除了極少數的化學家，有誰看過我呢，當被人以鉗子從煤油中夾出來，沒人知道我很活潑，在空氣中劈里叭啦，燃燒發出黃色火焰，和水起爆炸反應，產生高溫使自己熔成一個銀白色的圓球在水面高速移動，並不斷釋放氫氣。我既不是我，我又是我，我在我在我。

❈ 檔案7

（分兩段）

　　我是鹹的，我在每一顆鹽裡，我是滑溜的，我在每一絲肥皂裡，我是爽口的，我在每一滴運動飲料裡，我在硝石中，我在大蘇打裡，我進入你的血液及細胞，協助你神經、心臟、肌肉的調節運作，我的存在或多寡左右著你，無精打采？思考遲鈍？抽搐、神志不清、昏迷甚至死亡？那的確是我，但那都不是我，少一點才是，或多一點才是，我必須變身才能無所不在。

　　其實我是質地軟柔的金屬，用普通餐刀就可以切割，銀白色，輕、蠟狀，極有伸展性，但世上除了極少數的化學

家，有誰看過我呢，當被人以鉗子從煤油中夾出來，沒人知道我很活潑，在空氣中劈里叭啦，燃燒發出黃色火焰，和水起爆炸反應，產生高溫使自己熔成一個銀白色的圓球在水面高速移動，並不斷釋放氫氣。我既不是我，我又是我，我在我在我之外。

✺ 檔 案8

　　我是鹹的，我在每一顆鹽裡，我是滑溜的，我在每一絲肥皂裡，我是爽口的，我在每一滴運動飲料裡，我在硝石中，我在大蘇打裡，我進入你的血液及細胞，協助你神經、心臟、肌肉的調節運作，我的存在或多寡左右著你，無精打采？思考遲鈍？抽搐、神志不清？昏迷甚至死亡？那的確是我，但那都不是我，少一點才是，或多一點才是，**我與大多數元素都合作愉快**，但我必須變身才能無所不在，**我必須不是我，我才能進入一切之中。**

　　其實我是質地軟柔的金屬，用普通餐刀就可以切割，銀白色，輕、蠟狀，極具伸展性，但世上除了極少數的化學家，有誰看過真正的我呢，當被人以鉗子從煤油中夾出來，沒人知道我很活潑，在空氣中劈里叭啦，**快速燃燒**，發出黃色火焰，和水才觸碰**即**起爆炸反應，產生高溫，熔自己成一個銀白色圓球在水面高速移動，並不斷釋放氫氣！**這一切**

早就被破解，寫入方程式中，卻依舊是使我驚訝的旅程，此時，我不知我在我之中，還是我在我之外。

※ 檔案9

（改第一段）

　　我是鹹的，我在每一顆鹽裡，我是滑溜的，我在每一絲肥皂裡，我是爽口的，我在每一滴運動飲料裡，我在硝石中，我在大蘇打裡，我進入你的血液及細胞，協助你神經、心臟、肌肉的調節運作，我的存在或多寡左右著你，無精打采？思考遲鈍？抽搐、神志不清？昏迷甚至死亡？那的確是我，但那都不是我，少一點才是，或多一點才是，我與大多數元素都合作愉快，**但我必須出神或游離**，我必須變身才能無所不在，我必須不是我，我才能進入一切之中。

※ 檔案10

（改第一段）

　　我是鹹的，我在每一顆鹽裡，我是滑溜的，我在每一絲肥皂裡，我是爽口的，我在每一滴運動飲料裡，我在硝石中，**我在蘇打裡**，我進入你的血液及細胞，協助你神經、心臟、肌肉的調節運作，我的存在或多寡左右著你，無精打

采？思考遲鈍？抽搐、神志不清？昏迷甚至死亡？那的確是我，但那都不是我，少一點才是，或多一點才是，我與大多數元素都合作愉快，但我必須出神或游離，我必須變身才能無所不在，我必須不是我，我才能進入一切之中。

玻璃杯
——什麼實驗室之1

　　什麼不知道為什麼買了那麼多大大小小的玻璃杯，反正每年都要編列預算，而且光只是拿進拿出，還沒開始用、或才準備開始用，就摔壞了不少。沒有被用過的更多，它們都被洗乾淨，倒掛在實驗架上，整整齊齊，然後逐漸積滿灰塵。

　　用得到的總是其中一兩個，其他的都要假裝存在，又不能不存在。什麼開始把自己洗乾淨，穿戴整齊，還打了領帶，打開面對大街的窗子，綁了旗桿，像掛國旗那種，將腳綁在上頭，然後倒掛出去，他不知自己能撐多久。下面車水馬龍，他不喊，只想知道，要多久，就能變成一支透明的玻璃杯。

　　但那天下午，蜘蛛就來瓶口結網，黃昏才到，一隻烏秋踩上來，差一點滑倒，才一隻鳥的重量就讓他開始碎裂，掉落，只是一支玻璃杯的聲響。

〈玻璃杯〉

檔案

※ 檔案1

「什麼」不知道為什麼買了那麼多玻璃杯，反正每年都要編列預算，而且只是拿進拿出，從買進到還沒開始用、或才準備開始用，就摔壞了不了。沒有被用過的更多，它們都被洗乾淨，倒掛在實驗架上，然後逐漸積滿灰塵。

※ 檔案2

「什麼」不知道為什麼買了那麼多玻璃杯，反正每年都要編列預算，而且光只是拿進拿出，還沒開始用、或才準備開始用，就摔壞了不了。沒有被用過的更多，它們都被洗乾淨，倒掛在實驗架上，然後逐漸積滿灰塵，用到的總是其中一兩個。

很多研討會或宴會也是這樣，先知或前輩出現的場合，晚一輩的都被閑置起來，除了第一，第二第三第四都要玻璃化透明化。

✲ 檔案3

「什麼」不知道為什麼買了那麼多大大小小的玻璃杯，反正每年都要編列預算，而且光只是拿進拿出，還沒開始用、或才準備開始用，就摔壞了不少。沒有被用過的更多，它們都被洗乾淨，倒掛在實驗架上，然後逐漸積滿灰塵。

用得到的總是其中一兩個，其他的都要假裝存在，又不能不存在。像自己出現在研討會上的場合吧，一堆小杯子被舉起只為襯托一支最大的杯子。

✲ 檔案4

（改第二段）

用得到的總是其中一兩個，其他的都要假裝存在，又不能不存在。**「什麼」開始想，如何才能把自己晾出來，他把自己洗乾淨，穿戴整齊，還打了領帶，打開面對大街的窗子，綁了旗桿，像掛國旗那種，將腳綁在上頭，開始倒掛出去，他不知自己能撐多久。他不喊，只想知道，要多久，就能變成一支透明的玻璃杯。但那天下午，蜘蛛就來瓶口結網，黃昏才到，一隻白頭翁踩上來，他已開始碎裂，掉落。**

（改主詞）

他不知道為什麼買了那麼多大大小小的玻璃杯，反正每年都要編列預算，而且光只是拿進拿出，還沒開始用、或才準備開始用，就摔壞了不少。沒有被用過的更多，它們都被洗乾淨，倒掛在實驗架上，<u>整整齊齊</u>，然後逐漸積滿灰塵。

用得到的總是其中一兩個，其他的都要假裝存在，又不能不存在。**他**開始把自己洗乾淨，穿戴整齊，還打了領帶，打開面對大街的窗子，綁了旗桿，像掛國旗那種，將腳綁在上頭，開始倒掛出去，他不知自己能撐多久。他不喊，只想知道，要多久，就能變成一支透明的玻璃杯。但那天下午，蜘蛛就來瓶口結網，黃昏才到，<u>**一隻鳥秋踩上來，差一點滑倒，才一隻鳥的重量就讓他開始碎裂，掉落，只是一支玻璃杯的聲響。**</u>

※ 檔案6

（再改回主詞）

什麼不知道為什麼買了那麼多大大小小的玻璃杯，反正每年都要編列預算，而且光只是拿進拿出，還沒開始用、或才準備開始用，就摔壞了不了。沒有被用過的更多，

它們都被洗乾淨，倒掛在實驗架上，整整齊齊，然後逐漸積滿灰塵。

用得到的總是其中一兩個，其他的都要假裝存在，又不能不存在。**什麼**開始把自己洗乾淨，穿戴整齊，還打了領帶，打開面對大街的窗子，綁了旗桿，像掛國旗那種，將腳綁在上頭，**然後**倒掛出去，他不知自己能撐多久。**下面車水馬龍，**他不喊，只想知道，要多久，就能變成一支透明的玻璃杯。但那天下午，蜘蛛就來瓶口結網，黃昏才到，一隻烏秋踩上來，差一點滑倒，才一隻鳥的重量就讓他開始碎裂，掉落，只是一支玻璃杯的聲響。

※ 檔案7

（第二段再分兩段）
用得到的總是其中一兩個，其他的都要假裝存在，又不能不存在。什麼開始把自己洗乾淨，穿戴整齊，還打了領帶，打開面對大街的窗子，綁了旗桿，像掛國旗那種，將腳綁在上頭，然後倒掛出去，他不知自己能撐多久。下面車水馬龍，他不喊，只想知道，要多久，就能變成一支透明的玻璃杯。

但那天下午，蜘蛛就來瓶口結網，黃昏才到，一隻烏秋踩上來，差一點滑倒，才一隻鳥的重量就讓他開始碎裂，掉落，只是一支玻璃杯的聲響。

酒精燈
——什麼實驗室之2

　　什麼望著酒精燈內粉紅色的液體發呆，小燭芯的棉線頭空燒著，不知要做什麼實驗，他不想往別人做好的牛角尖繼續鑽，因此已發呆了幾個月。小小酒精燈也空點燃著，他不想讓它閒著，因此光要把實驗室幾鐵桶的酒精耗光就忙壞了，粉紅色的液體酒精要從大鐵桶倒入玻璃杯，再弄熄火，再小心地由小瓶口倒進去，再點亮。

　　用完小酒精燈才用完一生中的幾小時，什麼覺得太費勁了。他開始設計如何把幾鐵桶酒精用更大的容器全集中起來，然後用虹吸方式，將酒精引入一個大燒瓶，再吸入一個小燒瓶，然後與小小酒精燈精密準確不漏一絲縫隙地相互聯結。忙了幾天幾夜，總算讓酒精燈看起來像阿拉神燈，至少可以把幾年的時間慢慢燒了吧。

　　什麼把實驗室反鎖起來，起先撕下頭髮、再拆下指甲，後來乾脆想辦法把自己浸入大容器中，再讓玻璃管一關一關漂亮地傳遞出去。逐漸地，虹吸到小神燈的酒精顏色就更豐富了。小燭芯的棉線頭逐燒出了體香。

〈酒精燈〉

檔案

※ 檔案1

什麼望著酒精燈粉紅色的液體發呆，像小燭芯的棉線頭空燒著，不知要做什麼實驗，他不想往別人做好的牛角尖繼續鑽，因此已發呆了幾個月，小小酒精燈也空點著，他不想讓它閑著，因此光要空燒就忙壞了，粉紅色的液體。

※ 檔案2

什麼望著酒精燈內粉紅色的液體發呆，小燭芯的棉線頭空燒著，不知要做什麼實驗，他不想往別人做好的牛角尖繼續鑽，因此已發呆了幾個月，小小酒精燈也空點著，他不想讓它閑著，因此光要空燒就忙壞了，粉紅色的液體酒精要從大鐵桶倒在玻璃杯，再弄熄火，再小心地由瓶口倒進去，再點亮。

要把一小時用完。

※ 檔案3

什麼望著酒精燈內粉紅色的液體發呆，小燭芯的棉線頭空燒著，不知要做什麼實驗，他不想往別人做好的牛角尖

繼續鑽，因此已發呆了幾個月。小小酒精燈也空點**燃**著，他不想讓它閑著，**因此光要把實驗室幾鐵桶的酒精耗光就忙壞了，粉紅色的液體酒精要從大鐵桶倒在玻璃杯，再弄熄火，再小心地由小瓶口倒進去，再點亮。**

要把一生中的幾小時用完，酒精燈。

✺ 檔案4

（第二段加長）
　　用完酒精燈才用完一生中的幾小時，什麼覺得太費勁，他開始設計如何把幾鐵桶酒精全集中起來，然後用虹吸方式，將酒精引入一個大燒瓶，再吸入一個小燒瓶，然後與小小酒精燈相互聯結，忙了幾天幾夜，總算讓酒精燈看起來像阿拉神燈，至少可以把一年的時間慢慢燒了吧。什麼。

✺ 檔案5

　　用完酒精燈才用完一生中的幾小時，什麼覺得太費勁，他開始設計如何把幾鐵桶酒精全集中起來，然後用虹吸方式，將酒精引入一個大燒瓶，再吸入一個小燒瓶，然後與小小酒精燈相互聯結，忙了幾天幾夜，總算讓酒精燈看起來像阿拉神

燈，至少可以把一年的時間慢慢燒了吧。什麼**把實驗室反鎖起來，起先撕下頭髮、拆下指甲，後來乾脆把自己浸入大容器中，逐漸地，虹吸到小神燈的酒精顏色就更豐富了。**

※ 檔案6

用完酒精燈才用完一生中的幾小時，什麼覺得太費勁，他開始設計如何把幾鐵桶酒精全集中起來，然後用虹吸方式，將酒精引入一個大燒瓶，再吸入一個小燒瓶，然後與小小酒精燈相互聯結，忙了幾天幾夜，總算讓酒精燈看起來像阿拉神燈，至少可以把一年的時間慢慢燒了吧。什麼把實驗室反鎖起來，起先撕下頭髮、拆下指甲，後來乾脆想辦法把自己浸入大容器中，**然後一關一關地傳遞出去。**逐漸地，虹吸到小神燈的酒精顏色就更豐富了。

※ 檔案7

用完酒精燈才用完一生中的幾小時，什麼覺得太費勁了，他開始設計如何把幾鐵桶酒精全集中起來，然後用虹吸方式，將酒精引入一個大燒瓶，再吸入一個小燒瓶，然後與小小酒精燈相互聯結，忙了幾天幾夜，總算讓酒精燈看起來像阿拉神燈，至少可以把一年的時間慢慢燒了吧。什麼把實

驗室反鎖起來，起先撕下頭髮、拆下指甲，後來乾脆想辦法把自己浸入大容器中，然後一關一關地傳遞出去。逐漸地，虹吸到小神燈的酒精顏色就更豐富了，**小燭芯的棉線頭遂燒出了體香。**

❋ 檔案8

　　用完酒精燈才用完一生中的幾小時，什麼覺得太費勁了。他開始設計如何把幾鐵桶酒精**用更大的容器**全集中起來，然後用虹吸方式，將酒精引入一個大燒瓶，再吸入一個小燒瓶，然後與小小酒精燈相互聯結，忙了幾天幾夜，總算讓酒精燈看起來像阿拉神燈，至少可以把幾年的時間慢慢燒了吧。什麼把實驗室反鎖起來，起先撕下頭髮、拆下指甲，後來乾脆想辦法把自己浸入大容器中，然後一關一關地傳遞出去。逐漸地，虹吸到小神燈的酒精顏色就更豐富了，小燭芯的棉線頭遂燒出了體香。

❋ 檔案9

（第二段拆成兩段）
　　用完小酒精燈才用完一生中的幾小時，什麼覺得太費勁了。他開始設計如何把幾鐵桶酒精用更大的容器全集中起

來，然後用虹吸方式，將酒精引入一個大燒瓶，再吸入一個小燒瓶，然後與小小酒精燈相互聯結，忙了幾天幾夜，總算讓酒精燈看起來像阿拉神燈，至少可以把幾年的時間慢慢燒了吧。

什麼把實驗室反鎖起來，起先撕下頭髮、拆下指甲，後來乾脆想辦法把自己浸入大容器中，然後用玻璃管一關一關漂亮地傳遞出去。逐漸地，虹吸到小神燈的酒精顏色就更豐富了。小燭芯的棉線頭遂燒出了體香。

✳ 檔案10

（改第二段）

用完小酒精燈才用完一生中的幾小時，什麼覺得太費勁了。他開始設計如何把幾鐵桶酒精用更大的容器全集中起來，然後用虹吸方式，將酒精引入一個大燒瓶，再吸入一個小燒瓶，然後與小小酒精燈精**密準確不漏一絲縫隙地**相互聯結。忙了幾天幾夜，總算讓酒精燈看起來像阿拉神燈，至少可以把幾年的時間慢慢燒了吧。

試管之歌 I

　　那天，我在實驗室待了一個下午，十支試管排在架子上，像我的十根手指頭上的螺紋，怎麼也變不出新花樣。最後我決定刺破姆指，在其中一支試管滴入自己的一滴血，透明玻璃內有了劇烈的反應，卻紅艷奔突，像集聚了無數個黃昏，要爆裂而出，我趕快塞上軟木塞，放入冰浴，但其中像有一個狂暴的、長得有點像我的精靈要衝撞而出，我抓起其他九支試管逃離實驗室，逃出了那個大樓，掏出鑰匙很快將大門上鎖。

　　我回頭仰望，那大樓卻突地像巨然矗立的我，對我俯視，且有些什麼正敲打每扇窗，要跳躍而出。我急忙逃出了學校，發現沿路上校園內每個人都停頓不動，而且我手上抓的竟然不是九支試管，而是正齜牙咧嘴舞爪扭動的九個怪我，我將牠們甩在地上，向城外狂奔，逃出城時回首一望，整座高樓林立的城竟只是一隻巨大的靴，靴上站著誰我仰望不到。

　　很快的我設法逃出了那個島，發現那個島竟然只是一個大姆指，而且很像長著雞眼的我的大姆指。一整夜我驚

慌地逃離，逃得越遠，卻恍惚不斷地逃進了不認得又只有一點點認得的自己。

〈試管之歌 I〉

檔案

※ 檔案1

　　沒想到自己這麼硬，這麼透明，而且耐熱。我在火焰上站了很久，又到離心機裡遺憾的是，我不能選擇。

　　一支試管
　　望著我
　　它要我持住
　　搖晃它

　　除非破碎
　　否則總得裝載一些什麼
　　反應些什麼

※ 檔案2

　　那天，我在實驗室待了一個下午，十支試管排在架子上，像我的十根手指頭上的螺紋，怎麼也變不出新花樣。
　　這麼硬，這麼透明，這麼耐熱。

　　沒想到自己。我在火焰上站了很久，又到離心機裡遺憾的是，我不能選擇。

✺ 檔案3

　　那天，我在實驗室待了一個下午，十支試管排在架子上，像我的十根手指頭上的螺紋，怎麼也變不出新花樣。最後我決定刺破自己的姆指，在其中一支試管滴入自己。

✺ 檔案4

　　那天，我在實驗室待了一個下午，十支試管排在架子上，像我的十根手指頭上的螺紋，怎麼也變不出新花樣。最後我決定刺破姆指，在其中一支試管滴入自己的一滴血，透明玻璃內有了劇烈的反應，卻紅艷奔突，像要爆裂而出，我趕快塞上橡皮塞其中像有一個長得很快的地。

✺ 檔案5

　　那天，我在實驗室待了一個下午，十支試管排在架子上，像我的十根手指頭上的螺紋，怎麼也變不出新花樣。最後我決定刺破姆指，在其中一支試管滴入自己的一滴血，透明玻璃內有了劇烈的反應，卻紅艷奔突，像要爆裂而出，我趕快塞上軟木塞，放入冰浴，但其中像有一個狂暴的、長得有點像我的精靈要衝撞而出。

※ 檔案6

　　那天，我在實驗室待了一個下午，十支試管排在架子上，像我的十根手指頭上的螺紋，怎麼也變不出新花樣。最後我決定刺破姆指，在其中一支試管滴入自己的一滴血，透明玻璃內有了劇烈的反應，卻紅艷奔突，像要爆裂而出，我趕快塞上軟木塞，放入冰浴，但其中像有一個狂暴的、長得有點像我的精靈要衝撞而出，我抓起其他九支試管逃離實驗室，逃出了那個大樓，掏出鑰匙將大門上鎖，我回頭仰望，那大樓卻突然像矗立的巨我。

※ 檔案7

　　那天，我在實驗室待了一個下午，十支試管排在架子上，像我的十根手指頭上的螺紋，怎麼也變不出新花樣。最後我決定刺破姆指，在其中一支試管滴入自己的一滴血，透明玻璃內有了劇烈的反應，卻紅艷奔突，像要爆裂而出，我趕快塞上軟木塞，放入冰浴，但其中像有一個狂暴的、長得有點像我的精靈要衝撞而出，我抓起其他九支試管逃離實驗室，逃出了那個大樓，掏出鑰匙將大門上鎖，我回頭仰望，那大樓卻突地像巨然矗立的我，對我俯視，且有些什麼敲打每扇窗。

❋ 檔案8

　　那天，我在實驗室待了一個下午，十支試管排在架子上，像我的十根手指頭上的螺紋，怎麼也變不出新花樣。最後我決定刺破姆指，在其中一支試管滴入自己的一滴血，透明玻璃內有了劇烈的反應，卻紅艷奔突，像要爆裂而出，我趕快塞上軟木塞，放入冰浴，但其中像有一個狂暴的、長得有點像我的精靈要衝撞而出，我抓起其他九支試管逃離實驗室，逃出了那個大樓，掏出鑰匙將大門上鎖，我回頭仰望，那大樓卻突地像巨然矗立的我，對我俯視，且有些什麼正敲打每扇窗，要跳躍而出。我急忙逃出了學校，發現沿路上校園內每個人都停頓不動，而且我手上抓的竟然不是九支試管，而是正齜牙舞爪扭動的九個怪我，我將牠們甩在地上，向城外狂奔，逃出城時回首一望。

❋ 檔案9

　　那天，我在實驗室待了一個下午，十支試管排在架子上，像我的十根手指頭上的螺紋，怎麼也變不出新花樣。最後我決定刺破姆指，在其中一支試管滴入自己的一滴血，透明玻璃內有了劇烈的反應，卻紅艷奔突，像要爆裂而出，我趕快塞上軟木塞，放入冰浴，但其中像有一個狂暴的、長得有點像我的精靈要衝撞而出，我抓起其他九支試管逃離實驗

室，逃出了那個大樓，掏出鑰匙將大門上鎖，我回頭仰望，那大樓卻突地像巨然矗立的我，對我俯視，且有些什麼正敲打每扇窗，要跳躍而出。我急忙逃出了學校，發現沿路上校園內每個人都停頓不動，而且我手上抓的竟然不是九支試管，而是正齜牙咧嘴舞爪扭動的九個怪我，我將牠們甩在地上，向城外狂奔，逃出城時回首一望，整座高樓林立的城竟只是一隻巨大的靴，靴上是。

✻ 檔案10

那天，我在實驗室待了一個下午，十支試管排在架子上，像我的十根手指頭上的螺紋，怎麼也變不出新花樣。最後我決定刺破姆指，在其中一支試管滴入自己的一滴血，透明玻璃內有了劇烈的反應，卻紅艷奔突，像集聚的無數個黃昏，要爆裂而出，我趕快塞上軟木塞，放入冰浴，但其中像有一個狂暴的、長得有點像我的精靈要衝撞而出，我抓起其他九支試管逃離實驗室，逃出了那個大樓，掏出鑰匙將大門上鎖。我回頭仰望，那大樓卻突地像巨然矗立的我，對我俯視，且有些什麼正敲打每扇窗，要跳躍而出。我急忙逃出了學校，發現沿路上校園內每個人都停頓不動，而且我手上抓的竟然不是九支試管，而是正齜牙咧嘴舞爪扭動的九個怪我，我將牠們甩在地上，向城外狂奔，逃出城時回首一望，整座高樓林立的城竟只是一隻巨大的靴，靴上站著誰我仰望

不到。很快的我設法逃出了那個島，發現那個島竟然只是一個大姆指，而且很像長著雞眼的我的大姆指。一整夜我驚慌地逃離，逃得越遠，卻恍惚不斷地逃進了不認得又只有一點點認得的自己。

※ 檔案11

（分三段並改第一段末句）

那天，我在實驗室待了一個下午，十支試管排在架子上，像我的十根手指頭上的螺紋，怎麼也變不出新花樣。最後我決定刺破姆指，在其中一支試管滴入自己的一滴血，透明玻璃內有了劇烈的反應，卻紅艷奔突，像集聚了無數個黃昏，要爆裂而出，我趕快塞上軟木塞，放入冰浴，但其中像有一個狂暴的、長得有點像我的精靈要衝撞而出，我抓起其他九支試管逃離實驗室，逃出了那個大樓，掏出鑰匙**很快**將大門上鎖。

試管之歌 II

　　沒想到自己這麼硬，這麼透明，而且耐熱，那是透過實驗室旁的玻璃櫃我才隱約看到的自己。在火焰上站了很久，又到離心機裡旋轉了一陣子，遺憾的是，我是空的，要裝載什麼，要怎樣加熱自己我不能選擇，我只是宿命地被持住或擱置，被搖晃；或，被攪拌，此時我才發出輕微的脆響，才感受到自己的一點點質地，但我仍很想逃離那握著我的手、或從被懸擱的試管架離開。

　　直到有一天，我聽到「唉呀」一聲，然後感覺到自己正在下墜，沒人前來搶救地失速地下墜，我看到地球正自幾十公分外迎面撞來，哐噹一聲，那是我這一生最大的吼叫！我支離破碎，找不到自己的手腳，整個世界也那樣地映在我殘肢碎體上。很快地我被掃入陰暗的桶內、垃圾場，與眾多的腥臭相擠，等待一起腐朽。沒有了一端封閉成圓形的管狀體，我再也發不出抱怨。除非破碎，我竟不知沒人因我不存在而遺憾，我只是被不斷複製被容器化的宇宙的工藝品。

〈試管之歌 II〉

檔案

✳ 檔案1

（與〈試管之歌II〉檔案1同）

沒想到自己這麼硬，這麼透明，而且耐熱。在火焰上站了很久，又到離心機裡遺憾的是，我不能選擇。

一支試管
望著我
它要我持住
搖晃它

除非破碎
否則總得裝載一些什麼
反應些什麼

✳ 檔案2

沒想到自己這麼硬，這麼透明，而且耐熱。在火焰上站了很久，又到離心機裡旋轉了一陣子，遺憾的是，我是空的，要裝載什麼，要怎應加熱自己我不能選擇。

沒想到自己這麼脆弱一支試管
望著我

它要我持住
搖晃它

除非破碎
否則總得裝載一些什麼
反應些什麼

✳ 檔案3

　　沒想到自己這麼硬，這麼透明，而且耐熱。在火焰上
站了很久，又到離心機裡旋轉了一陣子，遺憾的是，我是空
的，要裝載什麼，要怎應加熱自己我不能選擇，我只是被宿
命地被持住或擱置、被搖晃，或被攪拌，而且發出輕我很想
逃離那握著我的手。

✳ 檔案4

　　沒想到自己這麼硬，這麼透明，而且耐熱。在火焰上
站了很久，又到離心機裡旋轉了一陣子，遺憾的是，我是空
的，要裝載什麼，要怎應加熱自己我不能選擇，我只是被宿
命地被持住或擱置、被搖晃，或，被攪拌，此時我發出輕微
的脆響，才感受到自己的一點點質地，但我仍很想逃離那握
著我的手。

❀ 檔案5

　　沒想到自己這麼硬，這麼透明，而且耐熱。在火焰上站了很久，又到離心機裡旋轉了一陣子，遺憾的是，我是空的，要裝載什麼，要怎應加熱自己我不能選擇，我只是被宿命地被持住或擱置、被搖晃，或，被攪拌，此時我才發出輕微的脆響，才感受到自己的一點點質地，但我仍很想逃離那握著我的手，或被懸擱的試管架。直到有一天。

❀ 檔案6

　　沒想到自己這麼硬，這麼透明，而且耐熱。在火焰上站了很久，又到離心機裡旋轉了一陣子，遺憾的是，我是空的，要裝載什麼，要怎應加熱自己我不能選擇，我只是被宿命地被持住或擱置、被搖晃，或，被攪拌，此時我才發出輕微的脆響，才感受到自己的一點點質地，但我仍很想逃離那握著我的手，或被懸擱的試管架。直到有一天，我聽到「唉呀」一聲，然後感覺到自己正在下墜，沒人前來搶救地失速地下墜，我看。

❀ 檔案7

　　沒想到自己這麼硬，這麼透明，而且耐熱。在火焰上

站了很久，又到離心機裡旋轉了一陣子，遺憾的是，我是空的，要裝載什麼，要怎樣加熱自己我不能選擇，我只是被宿命地被持住或擱置、被搖晃，或，被攪拌，此時我才發出輕微的脆響，才感受到自己的一點點質地，但我仍很想逃離那握著我的手，或被懸擱的試管架。直到有一天，我聽到「唉呀」一聲，然後感覺到自己正在下墜，沒人前來搶救地失速地下墜，我看到**地球正自幾十公分外迎面撞來，噹哐一聲，那是我這一生最大的吼叫！我支離破碎，找不到自己的手腳，整個世界也那樣地映在我殘肢碎體上。**

❋ 檔案8

　　沒想到自己這麼硬，這麼透明，而且耐熱，那是透過實驗室旁的玻璃櫃我才隱約看到的自己。在火焰上站了很久，又到離心機裡旋轉了一陣子，遺憾的是，我是空的，要裝載什麼，要怎樣加熱自己我不能選擇，我只是被宿命地被持住或擱置、被搖晃，或，被攪拌，此時我才發出輕微的脆響，才感受到自己的一點點質地，但我仍很想逃離那握著我的手、或從被懸擱的試管架離開。直到有一天，我聽到「唉呀」一聲，然後感覺到自己正在下墜，沒人前來搶救地失速地下墜，我看到地球正自幾十公分外迎面撞來，哐噹一聲，那是我這一生最大的吼叫！我支離破碎，找不到自己的手腳，整個世界也那樣地映在我殘肢碎體上。**很快地我被掃入**

陰暗的桶內、垃圾場，與眾多的腥臭相擠，等待一起腐朽。
沒有。

※ 檔案9

　　沒想到自己這麼硬，這麼透明，而且耐熱，那是透過
實驗室旁的玻璃櫃我才隱約看到的自己。在火焰上站了很
久，又到離心機裡旋轉了一陣子，遺憾的是，我是空的，要
裝載什麼，要怎樣加熱自己我不能選擇，我只是被宿命地被
持住或擱置、被搖晃，或，被攪拌，此時我才發出輕微的脆
響，才感受到自己的一點點質地，但我仍很想逃離那握著我
的手、或從被懸擱的試管架離開。直到有一天，我聽到「唉
呀」一聲，然後感覺到自己正在下墜，沒人前來搶救地失速
地下墜，我看到地球正自幾十公分外迎面撞來，哐噹一聲，
那是我這一生最大的吼叫！我支離破碎，找不到自己的手
腳，整個世界也那樣地映在我殘肢碎體上。很快地我被掃入
陰暗的桶內、垃圾場，與眾多的腥臭相擠，等待一起腐朽。
沒有了一端封閉成圓形的管狀體，我再也發不出抱怨。除非
破碎我竟不知沒人因我不存在而遺憾，我只是被不斷複製的
容器化的宇宙的工藝品。

❋ 檔案10

（分兩段，改第二段）

　　直到有一天，我聽到「唉呀」一聲，然後感覺到自己正在下墜，沒人前來搶救地失速地下墜，我看到地球正自幾十公分外迎面撞來，哐噹一聲，那是我這一生最大的吼叫！我支離破碎，找不到自己的手腳，整個世界也那樣地映在我殘肢碎體上。很快地我被掃入陰暗的桶內、垃圾場，與眾多的腥臭相擠，等待一起腐朽。沒有了一端封閉成圓形的管狀體，我再也發不出抱怨。**除非破碎，我**竟不知沒人因我不存在而遺憾，我只是被不斷複製**被容器化的**宇宙的工藝品。

閱讀大詩20　PG0881

 詩二十首及其檔案

作　　者	白　靈
責任編輯	黃姣潔
圖文排版	郭雅雯
封面設計	陳佩蓉

出版策劃	釀出版
製作發行	秀威資訊科技股份有限公司
	114 台北市內湖區瑞光路76巷65號1樓
	電話：+886-2-2796-3638　傳真：+886-2-2796-1377
	服務信箱：service@showwe.com.tw
	http://www.showwe.com.tw
郵政劃撥	19563868　戶名：秀威資訊科技股份有限公司
展售門市	國家書店【松江門市】
	104 台北市中山區松江路209號1樓
	電話：+886-2-2518-0207　傳真：+886-2-2518-0778
網路訂購	秀威網路書店：http://www.bodbooks.com.tw
	國家網路書店：http://www.govbooks.com.tw
法律顧問	毛國樑　律師
總 經 銷	聯合發行股份有限公司
	231新北市新店區寶橋路235巷6弄6號4F
	電話：+886-2-2917-8022　傳真：+886-2-2915-6275

出版日期	2013年1月　BOD一版
定　　價	250元

國家圖書館出版品預行編目

詩二十首及其檔案 / 白靈著. -- 一版. -- 臺北市：醸出
版, 2013.01
　　面；　公分. --（語言文學類；PG0881）
　BOD版
　ISBN　978-986-5871-03-1（平裝）

851.486　　　　　　　　　　　　　101024378

讀 者 回 函 卡

感謝您購買本書，為提升服務品質，請填妥以下資料，將讀者回函卡直接寄
回或傳真本公司，收到您的寶貴意見後，我們會收藏記錄及檢討，謝謝！
如您需要了解本公司最新出版書目、購書優惠或企劃活動，歡迎您上網查詢
或下載相關資料：http:// www.showwe.com.tw

您購買的書名：＿＿＿＿＿＿＿＿＿＿＿＿＿＿＿＿＿＿＿＿＿＿＿＿＿

出生日期：＿＿＿＿＿年＿＿＿＿＿月＿＿＿＿＿日

學歷：□高中 (含) 以下　　□大專　　□研究所 (含) 以上

職業：□製造業　□金融業　□資訊業　□軍警　□傳播業　□自由業
　　　□服務業　□公務員　□教職　　□學生　□家管　□其它＿＿＿

購書地點：□網路書店　□實體書店　□書展　□郵購　□贈閱　□其他

您從何得知本書的消息？

□網路書店　□實體書店　□網路搜尋　□電子報　□書訊　□雜誌
□傳播媒體　□親友推薦　□網站推薦　□部落格　□其他＿＿＿＿＿＿

您對本書的評價：（請填代號　1.非常滿意　2.滿意　3.尚可　4.再改進）

封面設計＿＿＿　版面編排＿＿＿　內容＿＿＿　文／譯筆＿＿＿　價格＿＿＿

讀完書後您覺得：

□很有收穫　□有收穫　□收穫不多　□沒收穫

對我們的建議：＿＿＿＿＿＿＿＿＿＿＿＿＿＿＿＿＿＿＿＿＿＿＿＿

＿＿＿＿＿＿＿＿＿＿＿＿＿＿＿＿＿＿＿＿＿＿＿＿＿＿＿＿＿＿＿＿

＿＿＿＿＿＿＿＿＿＿＿＿＿＿＿＿＿＿＿＿＿＿＿＿＿＿＿＿＿＿＿＿

＿＿＿＿＿＿＿＿＿＿＿＿＿＿＿＿＿＿＿＿＿＿＿＿＿＿＿＿＿＿＿＿

11466
台北市內湖區瑞光路 76 巷 65 號 1 樓

秀威資訊科技股份有限公司 　　收

BOD 數位出版事業部

....

（請沿線對折寄回，謝謝！）

姓　　名：＿＿＿＿＿＿＿＿＿　年齡：＿＿＿＿　性別：□女　□男

郵遞區號：□□□□□

地　　址：＿＿＿＿＿＿＿＿＿＿＿＿＿＿＿＿＿＿＿＿＿＿＿＿＿＿

聯絡電話：(日)＿＿＿＿＿＿＿＿＿＿＿　(夜)＿＿＿＿＿＿＿＿＿＿＿

E - m a i l：＿＿＿＿＿＿＿＿＿＿＿＿＿＿＿＿＿＿＿＿＿＿＿＿＿＿